吴丈蜀 著

诗词曲格律讲话

（典藏本）

中 华 书 局

图书在版编目（CIP）数据

诗词曲格律讲话:典藏本/吴丈蜀著. —北京:中华书局,
2017.7
ISBN 978-7-101-12524-5

Ⅰ.诗… Ⅱ.吴… Ⅲ.诗词格律-基本知识-中国
Ⅳ.I207.21

中国版本图书馆 CIP 数据核字（2017）第 064731 号

书　　名　诗词曲格律讲话(典藏本)
著　　者　吴丈蜀
责任编辑　徐麟翔
出版发行　中华书局
　　　　　(北京市丰台区太平桥西里 38 号　100073)
　　　　　http://www.zhbc.com.cn
　　　　　E-mail:zhbc@zhbc.com.cn
印　　刷　北京瑞古冠中印刷厂
版　　次　2017 年 7 月北京第 1 版
　　　　　2017 年 7 月北京第 1 次印刷
规　　格　开本/850×1168 毫米　1/32
　　　　　印张 8½　插页 2　字数 150 千字
印　　数　1-8000 册
国际书号　ISBN 978-7-101-12524-5
定　　价　42.00 元

目　录

前　言/1

第一讲　诗词曲格律的两个要素/1
　　一、字的四声和平仄/1
　　二、用韵/4

第二讲　旧体诗的种类和区别/8
　　一、旧体诗的种类/8
　　二、古体诗和近体诗的区别/9

第三讲　诗韵/12
　　一、平水韵/13
　　二、新韵/17

第四讲　近体诗格律要点/23
　　一、押韵/23
　　二、平仄安排/24
　　三、对仗/29

第五讲　近体诗的格式/38

　　一、七言绝句的格式/39

　　二、五言绝句的格式/42

　　三、七言律诗的格式/45

　　四、五言律诗的格式/49

第六讲　近体诗的其他规则/56

　　一、避免孤平/56

　　二、三字尾的平仄安排/62

　　三、句中单数字的平仄安排/65

　　四、拗救/67

第七讲　近体诗的句式/73

　　一、五言近体诗的句式/73

　　二、七言近体诗的句式/78

第八讲　古体诗/81

第九讲　词的分类/91

第十讲　词牌　词谱　词调/95

　　一、词牌/95

　　二、词谱/98

　　三、词调/100

第十一讲　词韵/104

第十二讲　词的基本格律/110

　　一、押韵/111

　　二、平仄安排/113

　　三、对仗/118

　　四、领句字/122

第十三讲　词的句式/126

一、一般句式/126

二、特殊句式/132

第十四讲　曲的分类/139

一、小令/141

二、套数/144

第十五讲　曲牌和宫调/147

一、曲牌/147

二、宫调/150

第十六讲　曲韵/154

第十七讲　曲的基本格律/160

一、押韵/160

二、平仄安排/164

三、对仗/167

四、衬字/173

五、其他规则/176

附　录

一、词牌例释/180

第一部　平韵格/184

十六字令/184　　　　　　渔歌子/184

渔父/185　　　　　　　　捣练子/185

忆王孙/186　　　　　　　忆江南/186

望江南/186　　　　　　　长相思/187

浣溪沙/187　　　　　　　采桑子/188

诉衷情/189 画堂春/190

阮郎归/190 朝中措/191

摊破浣溪沙/192 太常引/192

南歌子/193 南柯子/193

浪淘沙/194 鹧鸪天/194

南乡子/195 小重山/196

临江仙/197 一剪梅/197

唐多令/198 行香子/199

江城子/200 江神子/200

水调歌头/201 满庭芳/202

八声甘州/203 甘州/204

木兰花慢/205 沁园春/206

第二部 仄韵格/208

如梦令/208 生查子/208

点绛唇/209 霜天晓角/210

卜算子/211 好事近/211

谒金门/212 忆秦娥/213

桃源忆故人/214 玉楼春/215

鹊桥仙/215 踏莎行/216

蝶恋花/217 渔家傲/218

青玉案/218 满江红/219

念奴娇/221 桂枝香/223

水龙吟/225 花犯/226

永遇乐/227 贺新郎/229

第三部　平仄转韵格/230

乌夜啼/230　　　　　　　相见欢/231

昭君怨/231　　　　　　　减字木兰花/232

菩萨蛮/232　　　　　　　清平乐/233

更漏子/234　　　　　　　西江月/235

虞美人/235　　　　　　　定风波/236

二、曲牌例释/238

红锦袍/239　　　　　　　塞鸿秋/240

寄生草/241　　　　　　　一半儿/241

普天乐/242　　　　　　　山坡羊/243

阅金经/244　　　　　　　金字经/245

干荷叶/245　　　　　　　沉醉东风/246

步步娇/247　　　　　　　拨不断/247

落梅风/248　　　　　　　寿阳曲/248

雁儿落/249　　　　　　　得胜令/249

雁儿落过得胜令/250　　　折桂令/250

蟾宫曲/251　　　　　　　天净沙/251

小桃红/252　　　　　　　塞儿令/253

凭阑人/254　　　　　　　梧叶儿/254

三、《中原音韵》各韵部入声字表/256

前　言

　　我们国家素来有诗国的称誉。早在公元前六世纪，就有收集从西周到春秋中期诗歌作品的总集《诗经》，其中多数是四字一句的四言诗。到公元前四世纪至公元前三世纪，楚国的爱国诗人屈原，创造了诗句长短不齐并且加上语助词"兮"或"些"的诗体，这种诗体形式，被后人称为"楚辞体"，或称"骚体"。到了汉代，除了存在句式不整齐的杂言诗和骚体而外，又正式形成了五字一句的五言诗，同时也出现了少数七字一句的七言诗。魏晋南北朝时期，诗歌形式又有发展，除了五言诗和杂言诗而外，七言诗形式正式形成。而在南北朝的齐、梁时期，有些诗人开始探讨作诗的格律，字的四声的理论也在这时期确定下来。再经过一百多年到了唐代初年，也就是公元七世纪初期，诗的格律便正式形成而出现了格律诗，这更使诗歌在语言使用上进一步规范化，增强了音乐效果，提高了作品的艺术感染力。所以从唐代初年正式形成格律诗的时候起，一千多年来，格律诗形式一直被历代的诗人遵循使用。

词是诗的另一种形式。唐代就有词这种形式出现，但在初期和中期，大多数的词出自民间，文人写词的只是很少数。经过晚唐到五代时期，文人写词的才逐渐多起来，出现了不少词人，留下了许多作品。进入宋代，词这种文学形式极为兴旺，不论是北宋或者是南宋，都产生了不少优秀的词人，给后代留下大量美好的作品，成为我国文学遗产中宝贵的财富。

曲有剧曲和散曲之分。其中的散曲是诗体之一种。这种诗体兴起于金代而盛行于元代，有不少著名的散曲家，流传下来的三千多首作品，很多是脍炙人口的佳作。

词与曲和格律诗有密切的关系，也可以说，词曲都是格律诗的另一种形式。不少著名的词曲家都擅长写格律诗。不懂得诗的格律是很难写词曲的。

诗的格律和词曲的格律有相同的地方，也有不同的地方。但是不论是诗的格律或者是词曲的格律，都是诗人或者词曲家在长期写作实践的基础上，一步一步摸索、体验，经过总结、提炼，才形成一套比较完整的写作程式。这套程式适合我国语音的特点，如果能熟练地掌握运用，写出来的作品就富有音乐性，读起来顺口，听起来悦耳。所以，对于提高作品的艺术水平而言，诗词曲格律是必须遵守的规则，是有助于诗词曲形式规范化的一种重要方式；它决不是可有可无的，更不是加在作者身上的不必要的烦琐的清规戒律。

格律诗和词曲，不但每一首的字数都有规定，而且在字句间的声律安排和用韵上，也都要受严格的格律约束，决不是只照一首格律诗的句数和每句的字数写出来，或只照某一个词调、曲调的句数字数填出来，就可以称为格律诗和词曲。写格律诗和词曲，除了必须具备相当的古汉语素养，并且懂得用于诗词曲中的特殊修辞方式而外，还有许多属于技术性的规则需要遵守。这些规则，都属于诗词曲格律的范围，不懂得诗词曲格律，就不能写出合乎要求的格律诗和词曲来。

党的第十二次全国代表大会为建设社会主义制定了宏伟的规划。从此，我国已进入一个新的历史时期。全面开创社会主义现代化建设的新局面，是全国人民在这个时期的总任务。研究和继承我国丰富的文化遗产，从中汲取有益的东西为实现四个现代化服务，是我们的重大任务之一。而研究整理古代的诗词曲，同时运用古典诗词曲这种为人们喜闻乐见的传统文学形式，赋予新的内容，以建设社会主义精神文明，也是当前所需要的。因此，懂得一些诗词曲格律，不论是用来研究整理古典诗词曲，为创造新体诗歌提供参考，或是用来提高欣赏、理解诗词曲的水平，以及用来从事诗词曲的写作，都是必要的。本书所要讲的，就是有关诗词曲格律方面的基本知识。

我们学习诗词曲格律，也要破除迷信，解放思想。格律是为作品内容服务的，不是强加给诗人或词曲家的枷锁。一条格律是不是合理，不是只凭有没有事实根据。即便有事实根据，还要作科学分析。实践是检验真理的唯一标准，这句话也适用于诗词曲格律的学习和研究。判断一条格律是不是合理，首先应该从客观效果去检验，合理的就肯定它，不合理的就不能盲目接受，并且要指出它不合理的地方加以纠正，不要让不合理的东西继续流传。而对前人没有认识到的问题，还得给予必要的补充。这才是学习和研究诗词曲格律的正确态度。

本书的诗词格律部分，原是一九八〇年秋季应武汉人民广播电台之约写的广播稿。以后经过补充，于一九八二年秋季，应武汉师范学院中文系之约，为该系唐宋元明清研究生班讲授诗词写作课时，作为讲义使用。现又增加曲律部分，使之成为介绍诗词曲格律比较系统的读物。

本书主要是根据自己若干年来写作诗词作品的浅薄经验编写的，同时也参阅了前人有关的著作，撷取了其中有益的论点。曲的部分选用曲牌时，引用了唐圭璋同志编订的《元人小令格律》中的二十一个曲牌作为范例，不敢掠美，特为提出，并向唐圭璋同志表示谢意。

吴丈蜀
一九八三年三月于武昌东湖之滨

第一讲　诗词曲格律的两个要素

　　讲诗词曲的格律，先要介绍其中的两个要素：一个是字的四声和平仄，另一个是韵。下面分开来讲。

一、字的四声和平仄

　　汉字和世界上几种主要文字比较，它的特点是一个字读一个音，而且汉字的音有四个声调。有些字虽然有几种读法，也还是每一种读法一个音。

　　汉字的四种声调，就是一般所说的四声。语音的高低、升降、长短，构成了汉语的声调，而高低和升降是声调的主要因素。汉字的声调是汉民族语言的自然规律，每个人在讲话中都自然地把每个字音和声调分别得很清楚。汉语如果不分字的声调，讲话时就会使对方听不明白，发挥不了语言的作用。

今天通行的普通话的四个声调，各有其名称，就是第一声、第二声、第三声和第四声。第一声又叫阴平声，第二声又叫阳平声，第三声叫上（shǎng）声，第四声叫去声。这里用一个汉语拼音的 tan 来说明四声的关系。

这个 tan，照汉语拼音第一声读"摊"（tān），读音高而且平；第二声读"坛"（tán），读音由中等高到高；第三声读"毯"（tǎn），读音先由比较低降到最低，然后又升高；第四声读"炭"（tàn），读音由高降到最低。可见一个汉语拼音的 tan，就可读出"摊""坛""毯""炭"四种声调，人人能读清楚。如果把这个 tan 加上一个"子"字构成一个词用于语言中，那么"摊子"、"坛子"、"毯子"都是一听就明白。而古代把间谍称为"探子"，这个词用在特定的场合，也是听得懂的。要是语音不分声调，那么听的人就分不清讲的究竟是"摊子"、"坛子"、"毯子"还是"探子"，必然会造成混乱。

这四种声调中，第一声阴平和第二声阳平，过去通称平声，第三声上声和第四声去声，通称仄声。仄声是和平声相对来说的，仄就是不平的意思。

由于历史上长期以来语音的变化，古代的声调和现在普通话的声调在种类划分上并不完全一致，这里大致作个比较。古汉语的四个声调是：

（一）平声——这个声调包括普通话第一声（阴平声）和第二声（阳平声）。

（二）上声——也就是普通话的第三声。但是古代汉语的一部分上声字，照今天的读法已变为去声（第四声）字。

（三）去声——也就是普通话的第四声。古代汉语中的去声字，有少数照今天的读法已变为上声（第三声）字。

（四）入声——古汉语中有入声字。入声字读音短促。这个声调在普通话中已不存在，分别并入第一声、第二声、第三声和第四声中。比如第一声中的"发"字、"说"字；第二声中的"白"字、"德"字；第三声中的"索"字、"匹"字；第四声中的"木"字、"育"字等，在古代都是入声字。今天南方的江苏、安徽、浙江、广东、广西等省区的一部分地区，四川南部地区，以及北方的河南、山西、陕西、甘肃等省的一部分地区的方言，还保存着入声。而四川、贵州、云南、湖北等省的多数地区，和湖南西部、广西北部地区，把旧读入声字读成了第二声（阳平声）。

古代汉语的四种声调，也区分为平声和仄声两类，其中阴平声（第一声）和阳平声（第二声）通称平声；上声（第三声）、去声（第四声）和入声，通称仄声。

在格律诗和词中，句子中平仄声的安排非常重要，应该用平声字的地方不能用仄声字代替，应该用仄声字的地方不能用平声字代替。所以要了解诗词格律，就得先弄清字的四声和平仄。

在今天普通话语音中，已把一部分旧读入声字并入第一声和第二声，也就是阴平声和阳平声。在古人的诗词中需要用仄声字的地方，如把今天已并入第一声和第二声的旧读入声字当作平声字读，就不合格律。我们在读古人的诗词时，如果碰上这种情况，必然发生疑问，那么只能去查注明入声字的字典或是韵书。凡是把旧读入声字读成阳平声的地区，要识别入声字是比较困难的，最好是把常见的入声字记住，不让入声字与阳平声字混淆。

在现代人写的诗词中，同样是把旧读入声字作为仄声字用；虽有一部分旧读入声字已并入第一声和第二声，或是某些方言把旧读入声字读为阳平声的，这些字在写作诗词时仍作仄声，不能作平声字用。

二、用韵

诗词格律的另一个要素是用韵。

古典诗歌和词，除了远古时代的少数诗而外，都是用韵的。什么是韵呢？由于汉字一字一音，每一个音都隶属于不同的韵。所谓韵，照今天的说法，大体上与现代汉语拼音的韵母近似。但是诗词中的韵，不能和汉语拼音的韵母等同。前者是诗词或音韵学中的说法，后者指汉语拼音中的说法。两者内容有联系，但有差别。

在一首诗词中，把同韵母的或者是韵母基本上相同的，而且同是平声或者同是仄声的字，用在一部分句子的末尾，就叫"押韵"。又因押韵的字都在句子的末尾，所以又叫

"韵脚"。

一首诗词用一种同韵母或韵母基本相同的字做韵脚，在诗中只限于格律诗，在词中只限于只用一种韵而不换韵的词调。而另一种古体诗和一些允许换韵的词调不受这个限制。

押韵的作用，是使诗词句子在朗诵时音律和谐，具备音乐美感，读起来顺口，听起来悦耳，增加艺术效果。所以，格律诗和词曲必须押韵，不押韵的作品决不是格律诗或词曲。

为了说明什么叫押韵，下面举李白著名的诗篇《早发白帝城》为例：

> 朝辞白帝彩云间，千里江陵一日还。
>   ⊙　　　　　　　　⊙
> 两岸猿声啼不住，轻舟已过万重山。[①]
>   ⊙

这首诗的第一句末一字"间"，韵母是ian；第二句末一字"还"，韵母是uan；第四句末一字"山"，韵母是an。三个字的韵母基本上相同，都有an这个音。而第一句的"间"和第四句的"山"是第一声阴平，第二句的"还"是第二声阳平，同是平声字。这一、二、四句的末一字就是押韵，这些押韵的字就称为韵脚。

这首诗的第三句，按照格律规定是不用韵的，而且只能

———————————
① 字下面的"⊙"号代表平声韵脚。下同。

用仄声字，所以没有用韵脚。为什么要这么安排，留待后面的专讲里介绍。

上面是用平声字来押韵的例子。下面再举一首用仄声字押韵的诗为例：

> 春眠不觉晓，处处闻啼鸟。
> 　　　　△　　　　　　△
> 夜来风雨声，花落知多少！①
> 　　　　　　　　　　△

　　　　　　　　　　（〔唐〕孟浩然《春晓》）

这首诗第一句的韵脚"晓"字，第二句的韵脚"鸟"字和第四句的韵脚"少"字，都是以ao押韵，并且都是第三声（上声）字，属于仄声范围；第三句按格律规定不用韵。而且在这一类仄声韵脚的诗，不用韵的句子规定用平声字，所以这里也用平声字。

看了以上两个例子可以明白，凡是韵母相同或基本相同的字就属于一个韵，用来做韵脚的时候，第一声和第二声都属于平声，可以同在一首诗词中使用，前一个例子就是这样用的。但是，仄声字在诗中一般必须同一个声调才能用来押韵，也就是要么都用第三声，要么都用第四声，后一个例子就是这样。用入声字押韵也是如此。

所谓韵母基本上相同的字用在一首诗词中也算押韵，是

―――――――――

① 字下面的"△"号代表仄声韵脚。下同。

指韵母中只要韵腹和韵尾相同的字，就可以用来押韵。例如韵母a，与韵母ia、ua同韵；韵母an，与韵母ian、uan、üan同韵；韵母en，与韵母in、uen、ün同韵，等等。

上面介绍的字的四声平仄和押韵，是诗词曲的两大要素。每一首诗词曲中都存在这两种因素。不懂得字的四声和平仄，不懂得什么叫韵，是不可能进一步熟悉诗词曲格律的。所以，要了解诗词曲格律，必须首先具备关于这两个要素的基本知识。

第二讲　旧体诗的种类和区别

一、旧体诗的种类

旧体诗从总的来说，分古体和近体两大类。

唐朝以前，诗的格律没有正式形成，当时的诗人写诗，除了诗句要求押韵而外，不受其他格律约束。这种不受格律约束的诗，包括先秦时期到两汉、魏晋南北朝流传下来的诗歌，通称古体诗，简称古诗或古风。

近体诗又称今体诗。近体诗这个说法，是和唐代以前的古体诗相对而言的，不是指的近代。这种说法，沿用到今天已经一千三百多年了。所谓近体诗，就是指受格律约束的格律诗。

诗的格律，在南朝的齐、梁时期已开始萌芽，形成于唐朝初年（公元七世纪中期），到盛唐的开元、天宝时期（公元八世纪前半期），诗的格律已臻完备。

近体诗格律的形成，是齐、梁到盛唐时期的诗人在二百多年的创作实践中逐渐创造的。诗歌有了格律依据，就使得形式整齐规范，音律节奏更富于音乐性。

二、古体诗和近体诗的区别

壹　字句上的区别

古体诗按诗句字数的不同而有各种名称：四字一句的称为四言古诗，简称"四言"[①]；五字一句的称五言古诗，简称"五古"；七字一句的称七言古诗，简称"七古"。古诗中另有一种句式不整齐的，从一、二字句，三、四字句到七字甚至七字以上的句子，都可以在一首诗中出现，凡属这种情况，一般称杂言古诗；由于杂言古诗中七字一句的往往较多，所以习惯上也把杂言古诗归入"七古"类。古诗中还有少数三字一句的和六字一句的，分别称为三言诗和六言诗。

古体诗的句数也不受限制，从两句一首到三四句、五六句、七八句、十多句以至百句以上组成一首。一首古体诗总的句数也可以是奇数。

近体诗分为绝句和律诗两种形式，并且都只有每句五个字或每句七个字两种形式。每句五个字的绝句称为五言绝

---

① 按照过去习惯上的称呼，诗歌或文章中每一个字称为一言。下面的"五言"、"七言"等也是这个意思。

句，简称"五绝"；每句七个字的绝句称为七言绝句，简称"七绝"。绝句诗都是限定四句为一首。每句五个字的律诗称为五言律诗，简称"五律"；每句七个字的律诗称为七言律诗，简称"七律"。一首律诗一般是八句，超过八句的称为"排律"或"长律"。

贰　用韵上的区别

古体诗的用韵有多种情况，归纳起来有以下几类：

（一）一首诗既可用平声韵，也可用仄声韵。

（二）一首诗既可用一个韵押到底，也可以随意转韵；而所转的韵可平可仄。

（三）一首诗中每句都可用韵，用作韵脚的字可以重复。

（四）一首诗用韵不限定在偶数句子上，奇数句也可用韵。

（五）诗中可以用邻韵①。如用仄声韵，上声字和去声字可以通押。

（六）诗中允许用不要韵的散文化句子。

从上述情况可以知道，古体诗虽然要求用韵，但在运用时还是比较自由的。

近体诗用韵却有严格的限制，归纳起来有以下几点：

（一）一首诗限用一个韵，不能转韵。

（二）除第一句既可用韵也可不用韵而外，其馀用韵的

———————

① 关于邻韵，参看本书第三讲第一节。

句子必须在偶数句上。

（三）用韵的字不能重复。

（四）除第一句外，不能用邻韵。由于近体诗主要用平声韵，也就谈不上在仄声字中上声和去声通押。

（五）不用韵的句子的末一字，只能用仄声。

叁　平仄安排和对仗方面的区别

在近体诗的句子中，某一部位的字是用平声还是用仄声，都要根据实际情况而按格律规定来安排。而近体诗句子与句子间的平仄安排，也要根据格律的规定处理。此外，近体诗中的律诗，其中的某些句子还要讲究对仗。

近体诗的这些规则，将在第四讲里分别介绍。至于古体诗，并不受这些规则的约束。

近体诗虽然在格律上限制较严，但由于它是从创作实践中产生的，有它的合理性，所以一千多年来能够继续存在。古体诗的形式比较灵活，不受句数用韵等格律限制，可以包括较广泛的内容。所以近体诗格律形成以后，也未能完全取代古体诗。一千多年来，写近体诗的诗人同时也写古体诗，古体诗的形式一直被保留至今，与近体诗并列。

第三讲 诗韵

前面讲过，诗词曲是要用韵的。我国流传到今天的最早的、收集在《诗经》里的诗，绝大部分是用韵的。但是当时没有研究韵的专门著作，哪一些字是属于同一个韵，没有文字根据，当时的诗歌作者只能根据语言习惯来安排诗歌的韵脚。据历史记载，我国第一部韵书，是公元二至三世纪三国时期，魏国一个名叫李登的人编的《声类》。随着时代的前进，编著韵书的人也多了，据前人考证，在整个六朝时期，有姓名的作者和无姓名作者编成的韵书有二十七种之多，但是都没有流传下来。隋朝和唐朝编成的新韵书，也没有完整地流传下来。北宋年间，官方又先后指定专人参照隋唐韵书编成《广韵》和《集韵》。这两种韵书一直流传到今天。但是这两种韵书对韵目的划分比较烦琐，若干年来主要供研究之用。在今天通行的新韵出现以前，一直被诗歌作者使用的韵书，是七百多年前产生的"平水韵"。下面就分别介绍平水韵和现代的新韵。至于用在词和曲中的韵，另有词韵和曲韵，留待后面专讲介绍。

一、平水韵

北宋年间通行的《广韵》和《集韵》，都是根据隋唐时期的韵书增订而成的。两种韵书都分二百零六个韵目，按平、上、去、入四声分类，每个韵目集中韵母基本相同并且声调相同的字若干个。

到了公元十三世纪中期的南宋年间，在北方对峙的金王朝统治下，有一个名叫王文郁的，刊行了《平水新刊韵略》。这部韵书只有一百零六个韵目，也按四声分类，比当时在南方通行的《集韵》减少了一百个韵目。

又过了二十多年，北方金王朝的平水人刘渊，刊行《壬子新刊礼部韵略》，有一百零七个韵目，比王文郁刊行的韵书多一个上声韵目。由于王文郁刊行的《平水新刊韵略》书名中有"平水"二字，刊行《壬子新刊礼部韵略》的刘渊又是平水人，都与平水有关系，后人便把这两种经过简化的韵目叫作"平水韵"。

平水韵比《集韵》少了一百个韵目，使用起来比较方便，从此便代替《集韵》通行开来。以后元朝人阴时夫编的《韵府群玉》也是一百零六个韵目，把刘渊刊行的韵书中多出的一个上声韵目并入相近的韵目。王文郁和刘渊刊行的韵书都没有流传下来，但它的资料保存在清朝初年编定的《佩文诗韵》中。现在的《佩文诗韵》也就是平水韵，是金、元以后写诗的人用韵的根据，这样，平水韵一直通行了七百多年。

《佩文诗韵》的韵目也是一百零六个，分属平上去入四声。其中平声韵目三十个，上声韵目二十九个，去声韵目三十个，入声韵目十七个。每个韵目都集中了若干个韵母基本相同而又同声调的字，常用的字都包括在这些韵目里面。每一声的韵目都编了号码，号码后面用这一韵目中一个字作为领韵字。比如平声韵目中的"一东"韵，"一"是序数，"东"是领韵字，而"东"本身就是这个韵目中的字。

在平声韵的三十个韵目中，分为上平声和下平声两个部分，每个部分包括十五个韵目。因为平声三十个韵目收集的字比其馀三声收集的字多，所以分为上下两个部分，所谓上平、下平，只是上下两个部分的区别，并不是平声分为上平和下平两种声调。平水韵各声韵目的名称如下：

上平声韵目十五个：

一东　　二冬　　三江　　四支　　五微　　六鱼

七虞　　八齐　　九佳　　十灰　　十一真

十二文　　十三元　　十四寒　　十五删

下平声韵目十五个：

一先　　二萧　　三肴　　四豪　　五歌　　六麻

七阳　　八庚　　九青　　十蒸　　十一尤

十二侵　　十三覃　　十四盐　　十五咸

上声韵目二十九个：

一董　　二肿　　三讲　　四纸　　五尾　　六语

七麌（yǔ）　　八荠　　九蟹　　十贿　　十一轸

十二吻　　十三阮　　十四旱　　十五潸　　十六铣

十七筱　　十八巧　　十九皓　　二十哿（gě）

二十一马　　二十二养　　二十三梗　　二十四迥

二十五有　　二十六寝　　二十七感　　二十八俭

二十九豏（xiàn）

去声韵目三十个：

一送　　二宋　　三绛　　四寘（zhì）　　五未

六御　　七遇　　八霁　　九泰　　十卦　　十一队

十二震　　十三问　　十四愿　　十五翰　　十六谏

十七霰　　十八啸　　十九效　　二十号　　二十一箇

二十二祃　　二十三漾　　二十四敬　　二十五径

二十六宥　　二十七沁　　二十八勘　　二十九艳

三十陷

入声韵目十七个：

一屋　　二沃　　三觉　　四质　　五物　　六月

七曷　　八黠　　九屑　　十药　　十一陌　　十二锡

十三职　　十四缉　　十五合　　十六叶　　十七洽

前面介绍的李白的《早发白帝城》诗中的"间"、"还"、"山"三个韵脚用字，在平水韵中属于上平声"十五删"韵目；而孟浩然的《春晓》诗中的"晓"、"鸟"、"少"三个韵脚字，属于平水韵上声"十七筱"韵目。李白和孟浩然都是唐朝人，当时他们写诗都是根据唐代的韵书。有了平水韵以后，李白和孟浩然的这两首诗用韵的字才分别归入上平声"十五删"韵目和上声"十七筱"韵目。

在平水韵的一百零六个韵目中，不论是平声韵或仄声韵，还有一种"邻韵"的规定。所谓邻韵，就是读音相近的韵，照现代的说法，就是韵母虽然不同但是韵腹和韵尾相同的韵。如上平声"一东"和"二冬"两个韵目，现在韵母同是ong，但是在古代不算同韵，只是邻韵；又如上平声"三江"和下平声"七阳"两个韵目，韵母同是ang，也只能算邻韵。也有一些韵目虽然不同，但是照今天读音韵母相同，或韵母虽然不同但韵尾相同，却不算是邻韵的，如下平声的"八庚"、"九青"、"十蒸"三个韵目，现在韵母同是eng或ing，其中只有"八庚"和"九青"两个韵目是邻韵，而"蒸"韵与"庚"韵、"青"韵不能算邻韵。又如上平声的"十一真"、"十二文"，下平声的"十二侵"这三个韵目，韵母同是en或in，其中只有"真"韵和"文"韵是邻韵，而"侵"韵与这两个韵目却不能算邻韵。

邻韵在格律诗形成以前的古体诗中可以通用；如果是格律诗，只能在一首诗的第一句通用。

现在依照过去的规定，把平水韵一百零六个韵目的邻韵关系，按四声分列如下：

平声：东冬　江阳　支微齐　鱼虞　佳灰　真文元（一

部分） 寒删先元（一部分） 萧肴豪 庚青 覃盐咸

另有歌、麻、蒸、尤、侵等五个韵目无邻韵。

上声：董肿 讲养 纸尾荠 语麌 蟹贿 轸吻阮（一部分） 旱潸铣阮（一部分） 筱巧皓 梗迥 感琰豏

另有哿、马、有、寝等四个韵目无邻韵。

去声：送宋 绛漾 寘未霁 御遇 泰卦队 震问愿（一部分） 翰谏霰愿（一部分） 啸效号 敬径 勘艳陷

另有箇、祃、宥、沁等四个韵目无邻韵。

入声：屋沃 觉药 质物月（一部分） 曷黠屑月（一部分） 陌锡 合叶洽

另有职、缉两个韵目无邻韵。

由于入声字声调短促，其中有些韵目之间，字的读音也比较接近，因此在过去的古体诗中，邻韵的使用有时超出了以上的范围，如杜甫的五言古诗《北征》，全诗一百四十句，七十个韵脚用字，就以入声七个韵目的字作为邻韵。

二、新韵

平水韵与南宋以前的韵书比较，虽然由繁到简，减少了一百个韵目，但是按照现代语音来比较，其中很多地方已不适合今天的情况。归纳起来主要有以下几个方面：

第一，平水韵有一百零六个韵目，仍然划分得太细，因为它把韵母有无介音（i、u、ü）以及含什么介音也作为分韵的依据。而且其中有些韵目，当时的读音已无区别；有些韵目的读音当时虽有区别，而元代以后，逐渐合一了。例如在平水韵的平声韵中划分"一东"、"二冬"两个韵目，于是"中"字与"宗"字不同韵，"隆"字与"农"字不同韵，其实它们的韵母都是ong。又如同是an这个韵母，在平水韵的平声韵中就划分为上平声的"十四寒"、"十五删"，和下平声的"一先"、"十三覃"、"十四盐"、"十五咸"等六个韵目；而上平声的"十三元"韵目中，也有一部分字按今天的读音，韵母也是an。于是an这个韵母，就分成了七个韵目，以致"安"、"山"、"前"、"男"、"镰"、"衫"和"园"这七个字，也分属于七个不同的韵目而不能用在一首格律诗中。像这种情况，在平水韵的四个声调的韵目中还有一些。

第二，平水韵基本上是用的隋唐读音，其中一些字的读音和今天的读音并不相同。如平水韵中上平声的"十三元"韵目，照今天的读音，"元"字的韵母是an，但是这个韵目中有一些字，如"门"、"孙"、"根"、"痕"等字，照今天的读音，韵母都不是an，却与这个韵目中的"源"、"繁"、"鸳"等字同韵。又如"波"、"多"、"梭"、"沱"等字，照现代读音，韵母都是o；而"歌"、"科"、"戈"、"和"等字，照现代读音，韵母都是e。可是在平水韵中，以上韵母o同韵母e的这一些字，都同属下平声"五歌"韵目（o与e读音很相近，新编的韵书也有将它们合为一个韵部的）。这一些情况，在平水韵各个声调的韵目中也有不同程度的反映。

我们今天读古代诗词，在只用一个韵做韵脚的一首作品中，有时读起来觉得用的不是一个韵而是两个韵，就是因为作者当时用的古韵，其中一些韵的读音已和今天不同，今天的语音认为不是同韵字，在古韵书里却是同韵字。这里以下面一首诗为例：

> 寂寂花时闭院门，美人相并立琼轩。
> 　　　　⊙　　　　　　　　　⊙
> 含情欲说宫中事，鹦鹉前头不敢言。
> 　　　　　　　　　　　　　⊙
>
> 　　　　　　　　　　〔唐〕朱庆馀《宫中词》

这首诗的三个韵脚用的字"门"、"轩"、"言"，照今天的读音，"轩"字和"言"字的韵母是an，能够押韵；但是"门"字的韵母是en，与an是不能押韵的。可是在平水韵中，三个字同属上平声"十三元"韵目。

第三，古代汉语用字，照今天的读法，有的字声调上已发生变化。这种声调变化的情况，在平水韵上声韵目中的字较多，其中的一些字，例如"动"字、"氏"字、"户"字等，古代都是上声字，照今天读音，都应该是去声（第四声）。另有一些古代的去声字，在今天是应读上声（第三声）的，例如"统"字、"哺"字、"忏"字等，就是这种情况。

第四，平水韵有入声韵目十七个。而现代汉语拼音以北京语音为基础，入声字已分别归并在平声（包括阴平和阳平）、上声和去声所属的韵目里面。

　　从以上情况来看，平水韵在今天，不论是用于写旧体诗词，写新体诗，以及写戏曲和其他韵文，都有不适当的地方，所以必须有一种新韵来代替它。近几十年来，经过音韵学者们的讨论和研究，认为以北京语音为基础制定新韵比较适当。一九四二年，曾有一种中华新韵出现。解放以后，国家公布了汉语拼音方案，这就使每一个汉字都有准确的读音，为新韵书的编制提供了科学根据。一九六五年，中华书局上海编辑所组织了专门班子，根据汉语拼音方案规定的韵母，参照近几十年音韵学者对新韵研究的科学成果而制定的中华新韵，编辑出版了《诗韵新编》。这部新韵书以北京语音为基础，避免了历代韵书不合理的、烦琐的情况和不适合现代读音等等缺点，从平水韵的一百零六个韵目简化为十八个韵部。而在每一韵部中，又按汉语拼音的声调划分为第一声、第二声、第三声和第四声四类。其中第一、二声通称平声，第三、四声通称仄声。由于北京语音没有入声，新韵也没有把旧读入声字专列一类。为了便于参考，只把旧读入声字分别归入八个韵部，排列在所属的韵部后面，并注明这个字在普通话中的读音和声调。

　　有了新编的韵书，就可以在每一个韵部找到同韵母、同声调的字，也能识别哪些字是旧读入声字。而对于每一个汉字，只要从汉语拼音知道它的韵母，就可以知道这个字归属新韵的哪一个韵部。这给诗词、戏曲和一般韵文的写作带来了很大的便利。

　　新韵的十八个韵部都有名称。也和《佩文诗韵》一样，每个韵部的数字代表序数，序数后的字，是取这个韵部中的一个字为代表，如"一麻"这个韵部，"一"是这个韵部的序数，"麻"是这个韵部中的字，用它来领韵。下面是十八个韵部的名称：

　　一麻（韵母a，ia，ua，有旧读入声字）

　　二波（韵母o，uo，有旧读入声字）

　　三歌（韵母e，有旧读入声字）

　　四皆（韵母ie，üe，有旧读入声字）

　　五支（韵母i，只包括舌尖元音发音，即与c、s、z、r和ch、sh、zh相拼的韵母，跟"七齐"韵部有别。有旧读入声字）

　　六儿（韵母er）

　　七齐（韵母i，有旧读入声字）

　　八微（韵母ei，uei）

　　九开（韵母ai，uai）

　　十模（韵母u，有旧读入声字）

　　十一鱼（韵母ü，有旧读入声字）

　　十二侯（韵母ou，iou）

　　十三豪（韵母ao，iao）

　　十四寒（韵母an，ian，uan，üan）

　　十五痕（韵母en，in，uen，ün）

十六唐（韵母ang，iang，uang）

十七庚（韵母eng，ing，ueng）

十八东（韵母ong，iong）

第四讲　近体诗格律要点

近体诗的格律，主要分三个部分：一押韵，二平仄安排，三对仗。

一、押韵

不论是律诗或者是绝句，只有开头一句，既可以押韵又可以不押韵，其馀的单数句子，也就是律诗的三五七句和绝句的第三句，都不用押韵，并且句末一字只能用仄声；而双数句子，也就是律诗的二四六八句和绝句的二四两句，都必须押韵。

这里不妨讲一个关于作诗押韵的故事。

唐朝玄宗时候，驻守北方的边将安禄山背叛朝廷，自称皇帝，起兵南下，封他的儿子安庆绪为怀王。在行军途中，手下人给他弄来一筐子枇杷。他想把枇杷赏给安庆绪和部将周暨。安禄山本来不会作诗，却想作一首诗随着枇杷送去。便随手写道："一筐子枇杷，半青又半黄，一半与怀王，一半与周暨。"这时候，他身旁有人对他说："末一句不押韵。把'一半与周暨'移到'一半与怀王'这句前面，王字就和黄字押韵了。"安禄山听了很生气，责备那个人说："哪有把周暨放在怀王前面的！"这个故事不管它是不是真的，倒是说明了近体诗押韵的规矩：除第一句外，韵脚必须在双数句子上，而单数句是不能押韵的。

关于近体诗的押韵，还有另一些规则，就是：用于押韵的字，限用平声；一首诗只能用一个韵，不能换另一个韵；押韵的字，在一首诗中不能重复。

在第一讲里，我们已经用李白的《早发白帝城》这首诗做例子，谈过押韵问题，这里就不再多说了。

二、平仄安排

格律诗的平仄安排，归纳起来有三点：

(一) 句子中间平仄交错

在诗句中，根据汉字一字一音的特点，每两个字是一个音步，也就是每两个字作为一个节拍。七字一句的有三个节拍，剩下的一个字，单独作为一个节拍；五字一句的有两个节拍，剩下的一个字，单独作为一个节拍。每个节拍的双数字是节奏点，也就是节拍所在的地方。句子中需要平仄交错的地方，就在节拍所在的地方。这里我们用下面一首七言绝句做例子。

寒雨连江夜入吴，平明送客楚山孤。
｜ － ｜ － ｜ －⊙
洛阳亲友如相问，一片冰心在玉壶。①
－ ｜ － ｜ － ｜⊙

（〔唐〕王昌龄《芙蓉楼送辛渐》）

我们看这一首诗第一句的节拍上的三个字：第一个"雨"是仄声字，第二个"江"是平声字，而第三个"入"是仄声中的旧读入音字。节拍上的字的平仄安排是仄平仄，做到了平仄交错。再看第二句节拍上的三个字"明"、"客"、"山"，平仄安排是平仄平。第三句的节拍上的三个字"阳"、"友"、"相"，平仄安排是平仄平。第四句节拍上的三个字"片"、"心"、"玉"，平仄安排是仄平仄。每一句都做到平仄交错。

从以上例子可以知道，凡是一句诗中的双数字，必须做到平仄交错。这种平仄交错的规则非常重要，不但适用于格律诗，同样适用于一般的词曲句。不论诗句或词曲句，凡是符合这种平仄交错规则的，称为律句；不符合这个规则的，称为拗句。拗句还有另一些形式，不符合平仄交错规则的句子只是拗句形式的一种。

---

① 字下面的"—"号代表平声字，"｜"号代表仄声字。下同。

诗句中规定平仄交错，是从音乐效果考虑的。一句诗中做到平仄交错，就能够使字音高低间隔，有起有伏，听起来和谐悦耳，不致单调无味。

近体诗句子中的单数字，不在节奏点上，一般来说是可以灵活使用平声字或者是仄声字的。但是也不能一概而论，还要根据不同情况适当安排。这中间的讲究，留待第六讲里介绍。

(二) 句子之间平仄对立

所谓句子之间平仄对立，特指律诗的第一第二句之间、第三第四句之间、第五第六句之间、第七第八句之间，和绝句第一第二句之间、第三第四句之间的节拍所在字，也就是七言句中的第二、第四、第六个字，五言句中的第二、第四个字，两句之间的平仄安排必须对立。至于排律，同样适用这个规则，也就是一首诗中，凡是先是单数后是双数的成对偶的句子，这两句节拍所在的字的平仄安排必须对立：上句某个节拍用的是平声字，下句同一位置的字就要用仄声字相对；相反，如果上句的这个节拍用的是仄声字，那么下句同一位置的字就要用平声字相对。下面用一首七言绝句为例：

烟笼寒水月笼沙，
　—　｜　—⊙

夜泊秦淮近酒家。
　｜　—　｜⊙

商女不知亡国恨，
　｜　　　一　　　｜
隔江犹唱后庭花。
　一　　｜　一　⊙

（〔唐〕杜牧《泊秦淮》）

从这首诗的句子中节拍所在字的平仄安排可以知道：第一句第一个节拍所在的"笼"字是平声，按照句子中节拍用字平仄交错的规定，这句诗的第二个节拍用的"水"就是仄声，而第三个节拍用的"笼"又是平声；整句诗节拍用字的平仄安排是平仄平。再看第二句的三个节拍用字：第一个节拍用的"泊"字是旧读入声字，是仄声字；第二个节拍用的"淮"字是平声；第三个节拍用的"酒"字是仄声；全句节拍用字的平仄安排是仄平仄，和上句节拍用字的平仄平正好对立。

第三第四两句节拍用字的平仄安排也是对立的：第三句节拍上的三个字"女"、"知"、"国"，平仄安排是仄平仄，其中的"国"字是旧读入声字；第四句节拍上的三个字"江"、"唱"、"庭"，平仄安排是平仄平，和上句节拍用字的平仄安排仄平仄正好相对。

凡是违反这种上下句节拍用字平仄相对规矩的，称为平仄失对。

一首诗中上下两句的节拍用字为什么要平仄对立呢？这是为了使得句子之间的声调有变化而不单调，也是为了增加音乐美感。

（三）句子之间平仄相粘

粘，是粘连、粘合的意思。诗句之间平仄相粘的情况，正好和平仄对立相反，也就是两个句子节拍用字的平仄，必须相同。格律诗中的诗句，在什么地方要平仄相粘呢？这也和平仄对立的诗句相反，平仄对立的诗句是单数句在前，双数句在后，平仄相粘的诗句是用后面的单数句粘前面的双数句。以绝句来说，需要平仄相粘的地方是第二句和第三句；以律诗来说，需要平仄相粘的地方，是第二句和第三句、第四句和第五句、第六句和第七句。凡是相粘的句子，节拍所在字的平仄安排，两句必须相同。例如下面这首绝句诗：

隐隐飞桥隔野烟，
　｜　一　｜⊙

石矶西畔问渔船：
　一　｜　一⊙

桃花尽日随流水，
　一　｜　一

洞在清溪何处边？
　｜　一　｜⊙

（〔唐〕张旭《桃花溪》）

从这首诗中可以看出：第二句节拍用字"矶"、"畔"、"渔"是平仄平，第三句节拍用字"花"、"日"、"流"也是平仄平：两句相粘。第三句的"日"字是旧读入声字。

律诗也是一样：凡是诗中双数句子在前、单数句子在后的两句，节拍用字的平仄安排必须相同而粘连起来。

如果一首诗中应该粘的两句而没有粘，就叫作"失粘"，是不合格律的。

格律诗中使用粘这种方式的目的，除了使全诗粘合为一个整体而外，也是为了使诗的声调有变化，增加音乐效果。以绝句来说，如果不使用粘这种方式，那么上两句和下两句的平仄安排就相同，也就单调而少变化了。律诗是两首绝句组合而成，当然也需要在句子间使用粘这种方式，以求得声调有变化。

根据上面介绍的格律诗中平仄安排的规则，可以归纳为下面三点：

一、一句诗中的双数字，必须平仄声字交错使用；

二、一首诗中先是单数、后是双数的两个句子，句中的双数字的平仄声必须对立；

三、一首诗中先是双数、后是单数的两句，句中的双数字的平仄声必须相粘。

关于格律诗的平仄安排，还有一些规则，留待后面第六讲介绍。

三、对仗

对仗只用于近体诗中的律诗，绝句是不讲究对仗的。

所谓对仗，就是对偶、对称的意思，仗字来源于仪仗，仪仗队里总是两人成对的。所以把近体诗中词语结构两两相对的句子称作对仗，也相当于对联。

律诗中每两句称为一联：第一、二两句称为首联，又叫起联；第三、四两句称额（hàn）联；第五、六两句叫颈联，又叫腹联；第七、八两句叫尾联。每联的上句叫出句，下句叫对句。按照格律规定，律诗只要求额联和颈联用对仗，也就是第三、四句和第五、六句用对仗，其馀首联和尾联不必用对仗。过去的规范化的律诗，都是这样安排对仗的。但是在前人的律诗中，也有少数例外：有在首联用对仗，或是以首联对仗代替额联对仗的；有在尾联用对仗的；也有整首诗四联全用对仗的；还有只在一联用对仗甚至整首诗都不用对仗的。这些情况，由于都不是格律所要求的，我们不必去讨论。

至于长律，不论句数多少，除了首联和尾联以外，中间的句子都要求用对仗。

对仗分工对和宽对两大类，而在使用的时候又有流水对、借对、扇面对等多种形式。

对仗对得工整的叫工对。在平仄安排合乎格律的前提下，凡是词性相同，而且词组结构相同的对仗叫工对。词性总的分为实词和虚词两大类，又可以细分为动词、名词、形容词、副词、代词、方位词等等，每一种词还可以按意义范围细分。古人诗中的对仗，词组结构相同是不成问题的；而词性相对，有的诗人也非常重视，所以对得很工整。

我们看盛唐诗人王维的五言律诗《山居秋暝》中的额联：

明月松间照，
—│——│
清泉石上流。
——││⊙

上下句不仅节拍用字平仄相对无问题，词组结构都是上二下三句式。从词性来看，出句的"明月"，用形容词"明"修饰名词"月"，对句就用形容词"清"修饰名词"泉"；出句的"松间"是名词加方位词，对句的"石上"也是名词加方位词；出句末一字"照"是动词，对句末一字"流"也是动词。整个出句和对句对得非常工整。再看这首诗的颈联：

竹喧归浣女，
│——││
莲动下渔舟。
—││—⊙

出句和对句的平仄安排完全合律，词组结构都是上二下三句式。从词性研究，出句的第一个字"竹"是名词，"喧"是喧哗，这里指竹林里发出的浣女的喧声，是动词；对句"莲"是名词，"动"是动词：都是名词之后用动词表述。出句第三字"归"是动词，对句第三字"下"也是动词；第四、五字出句是"浣女"（浣纱或洗衣妇女），是动词修饰名词，对句是"渔舟"，也是动词修饰名词。出句和对句对得都很工整。

再看中唐诗人柳宗元的七言律诗《登柳州城楼寄漳汀封连四州刺史》的颔联两句：

惊风乱飐芙蓉水，

——||——|

密雨斜侵薜荔墙。

||——||⊙

上下句的平仄完全合律，词组结构是二二三句式。上句的
"惊风"对下句的"密雨"，都用形容词修饰名词；上句的
"乱飐（zhǎn）"对下句的"斜侵"，都是用形容词修饰动词；
上句的"芙蓉水"，"芙蓉"是名词，是一种植物，"水"也
是名词，下句的"薜荔墙"，"薜荔"是名词，是一种植物，
而"墙"也是名词。所以，这一联对得极其工整。

又看同一首诗的颈联：

岭树重遮千里目，

||——||

江流曲似九回肠。

——||||⊙

上下句的平仄完全合律，词组都是二二三句式。上句的"岭
树"和下句的"江流"，都是由两个名词构成的词组；上句
的"重遮"和下句的"曲似"，前一字都是形容词，后一字
都属于动词；上句末三字"千里目"对下句的"九回肠"，
前一字都是数字，后一字都是人体器官名称。所以这一联也
是很工整的对仗。

像上面这种对得工整的对仗，就算工对。

宽对是和工对相对来说的，这里的宽作宽严的宽讲。工

对要求严格，字字不能含糊；而宽对就要求得不那么严格。格律毕竟是为内容服务的，诗人在写作律诗的时候，有了好的构思，但是在考虑对仗的时候找不到适当的词语写成工对，只得退一步用宽对解决。宽对还是属于对仗，只是两两相对的词语在词性上或意义范围上对得不是那么工整，有时在词组结构形式上，出句和对句之间相对也不是那么严谨。凡是这种情况，都叫作宽对。律诗的中间两联用宽对的情况很普遍；如果一联的出句和对句根本不能相对，这种情况，属于不合格律之列，不能算是宽对。下面举两个宽对的例子。

三顾频烦天下计，
－｜－－－｜｜
两朝开济老臣心。
｜－－｜｜－⊙

（〔唐〕杜甫《蜀相》）

两句的平仄虽然合律，而从词的意义类别来看，出句末尾三个字"天下计"，对句末尾三个字"老臣心"，"天下"是不能和"老臣"相对的；但是"天下计"对"老臣心"，这两个词组都是上二下一，结构相同，所以仍然算对仗，只不过是不那么工整的宽对罢了。

尘世难逢开口笑，
－｜－－－｜｜

菊花须插满头归。

| 一 一 | | 一⊙

（〔唐〕杜牧《九日齐山登高》）

两句的平仄合律，但是出句的"尘世"不能与对句的"菊花"
相对。由于两句都是二二三句型，词组结构是相同的，也可
以作为宽对。

流水对在律诗中也是比较常见的一种形式。什么叫流水
对呢？就是把需要说的一句话，分成两句来说——在出句说
一半，在对句再说一半来补足。不论是出句还是对句，都没
有独立性，单独一句就不能把意思表达出来。这和一般工对
或者宽对的出句或者对句都具有独立性不同。当然，工对和
宽对也可以用流水对这种形式，换句话说，流水对中既有工
对，也有宽对。下面举两个例子。

王维的五言律诗《送梓州李使君》的颔联两句：

山中一夜雨，
树杪百重泉。

由于"山中一夜雨"，才出现"树杪百重泉"的。出句是因，
而对句是果，两句中缺少任何一句，意思都不完整。

再看岑参的七律《九日使君席奉饯卫中丞赴长水》颈联：

预知汉将宣威日，

正是胡尘欲灭时。

这一联也是一句话分为两句来说，缺其中一句就不能表达所要说的是什么事。

　对仗中还有一种借对形式。所谓借对，是出句中用了某一词语或某一字，或是为了用一个典故，在考虑对句时找不到适当的词语或字相对，便借用谐音字或是词性虽然相同但词义不能相对的词语来代替。例如盛唐诗人孟浩然在《裴司士见访》这首五律诗中的颈联两句：

　厨人具鸡黍，
　稚子摘杨梅。

出句的第四字"鸡"是动物，而第五字"黍"是植物，鸡和黍是两种东西；对句的杨梅是一种植物。如以工对要求，"杨梅"对"鸡黍"是不够工整的。但是这里作为借对，对句的第四字"杨"作"羊"的谐音，就可以和出句的"鸡"相对，而且和"梅"连起来，也成为两种东西了，由不是工对而成为工对。

　再看晚唐诗人温庭筠写的七律诗《过陈琳墓》的颈联两句：

　石麟埋没藏春草，

铜雀荒凉对暮云。

这一联从字面来看是异常工整的。但出句的"石麟"是墓前的实物，而"铜雀"则指当年陈琳所依附的曹操在临漳修来享乐的铜雀台。诗人在陈琳墓前看到春草埋没了石麟，便联想到当年一世之雄的曹操同样冷落沉寂。出句是实写，对句是虚写，在字面上借"铜雀"与"石麟"相对，以抒发自己的感慨。所以也是一种借对。

对仗形式还有一种扇对，又称扇面对。扇对形式在律诗中不多见。由于后面介绍词的对仗中要谈到扇面对，所以在这里也作介绍。这种对仗都是由四句组成的，以其中的第一句对第三句，第二句对第四句，所以又叫隔句对。例如白居易的五言绝句《闻曲》：

缥缈巫山女，归来十八年；
殷勤湘水曲，留在十三弦。

诗中第一句"缥缈"对第三句"殷勤"，"巫山"对"湘水"；第二句"归来"对第四句"留在"，"十八年"对"十三弦"。虽然"十八年"对"十三弦"有"十"字重复，而且"女"和"曲"同是仄声字，"年"和"弦"都是平声字，严格地说不能相对，但作为宽对看待也是允许的。

律诗中还有另外一些对仗形式，因为并不常见，也没有多大使用价值，这里就不介绍了。

　　格律诗的押韵和平仄安排是最基本的东西。其中的律诗，还要讲究对仗。可见写格律诗必须先懂得上面介绍的许多规则，决不是只按一首诗的句数字数，凑合填写出来就算是诗。所以，要学习写格律诗，重要的一条就是要先懂得格律。

第五讲　近体诗的格式

　　近体诗有一定的格式。不论是五言近体诗或者是七言近体诗，也不论是律诗还是绝句，都有它固定的格式。写近体诗的人，都是按照这个格式办的；不照这个格式办，写出来的就不是格律诗。

　　不论是律诗或者是绝句，是五言诗或者是七言诗，都分平起式和仄起式两种格式，每种格式中又可分为第一句入韵的和第一句不入韵的两种。凡是一首诗中的第一句的第一个节拍，也就是一首诗中的第一句中的第二字，用的是平声字就称为平起式，用的是仄声字就称为仄起式。凡是第一句用韵的称为第一句入韵，第一句不用韵的称为第一句不入韵。

　　七言近体诗，第一句入韵的比较常见；而五言近体诗则第一句不入韵的比较常见。

一、七言绝句的格式

下面是七言绝句第一句入韵的平起式格式：

$$
\left.
\begin{array}{l}
\text{平仄对立} \left\{
\begin{array}{l}
\text{（平）平（仄）仄仄平平}^{①} \\
\text{（仄）仄 平 平仄仄平}
\end{array}
\right. \\
\text{平仄相粘} \left\{
\begin{array}{l}
\text{（仄）仄（平）平平仄仄} \\
\text{（平）平（仄）仄仄平平}
\end{array}
\right.
\end{array}
\right.
$$

这种格式第一句与第四句的平仄安排完全相同。第二句"（仄）仄平平仄仄平"句式，按照过去研究诗律的书的说法，如果第三字改用仄声，那么第五字必须改用平声。这中间的道理，将在第六讲介绍。

试看下面例子：

$$
\begin{array}{l}
\text{平仄对立} \left\{
\begin{array}{l}
\text{雪晴云散北风寒}^{②}， \\
⊙\text{——|}\text{|}\text{|}\text{—}⊙ \\
\text{楚水吴山道路难。} \\
\text{|}\text{|}\text{——|}\text{|}⊙
\end{array}
\right. \\
\text{平仄相粘} \left\{
\begin{array}{l}
\text{今日送君须尽醉，} \\
⊖\text{|}⊙\text{——|}\text{|} \\
\text{明朝相忆路漫漫。} \\
\text{——}⊖\text{|}\text{|}\text{—}⊙
\end{array}
\right.
\end{array}
$$

（〔唐〕贾至《送李侍郎赴常州》）

---

①② 凡是加"（ ）"号和"○"号的字，既可用平声，又可用仄声。下同。

这是平起式第一句入韵的格式。前面所举的李白的《早发白帝城》、杜牧的《泊秦淮》这两首诗，也都是这种类型。如果平起式第一句不入韵，只把本句"平平仄仄仄平平"的第五字与末一字平仄互相调换，成为"平平仄仄平平仄"，其他各句句式不变。举例如下：

平仄对立 { 曾栽杨柳江南岸，
　　　　　 ─ ─ ⊖ │ ─ │ │
平仄相粘 { 一别江南两度春。
　　　　　 │ │ ─ ─ │ │ ⊙
平仄对立 { 遥忆青青江岸上，
　　　　　 ⊖ │ ─ ─ ─ │ │
　　　　　 不知攀折是何人。
　　　　　 ① ─ ⊖ │ │ ─ ⊙

（〔唐〕白居易《忆江柳》）

再看七言绝句第一句入韵的仄起式格式：

平仄对立 { （仄）仄　平　平仄仄平
平仄相粘 { （平）平（仄）仄仄平平
平仄对立 { （平）平　仄　仄平平仄
　　　　　 （仄）仄　平　平仄仄平

从这个格式可以看出，如同平起式第一句入韵的绝句一样，第一句和第四句的平仄安排完全相同。

下面是仄起式第一句入韵的绝句例子：

平仄对立 ⎰ 岁岁金河复玉关，
　　　　⎱ ｜｜－－｜｜⊙
　　　　⎰ 朝朝马策与刀环。
平仄相粘 ⎱ －－｜｜｜－⊙
　　　　⎰ 三春白雪归青冢，
平仄对立 ⎱ －－｜｜｜－｜
　　　　⎰ 万里黄河绕黑山。
　　　　⎱ ｜｜－－｜｜⊙

（〔唐〕柳中庸《征人怨》）

前面举的王昌龄的《芙蓉楼送辛渐》、张旭的《桃花溪》这两首诗，也是用的这种格式。

仄起式绝句如果第一句不入韵，只须将第一句的第五字与末一字的平仄互换就是了。下面以王维的《九月九日忆山东兄弟》一诗为例：

平仄对立 ⎰ 独在异乡为异客，
　　　　⎱ ｜｜①－－｜｜
　　　　⎰ 每逢佳节倍思亲。
平仄相粘 ⎱ ①－⊖｜｜－⊙
　　　　⎰ 遥知兄弟登高处，
平仄对立 ⎱ －－⊖｜－－｜
　　　　⎰ 遍插茱萸少一人。
　　　　⎱ ｜｜－－｜｜⊙

二、五言绝句的格式

五言绝句只是比七言绝句每句开头少两个字。七言绝句平起式减少开头的两个字，就是五言绝句仄起式；七言绝句仄起式减少开头的两个字，就是五言绝句平起式。七言绝句第一句是不是入韵，减字以后变成的五言绝句也是一样。所以，适用于七言绝句的格律，完全适用于五言绝句。

下面是五言绝句的格式和例诗。

先看五言绝句平起第一句入韵的格式：

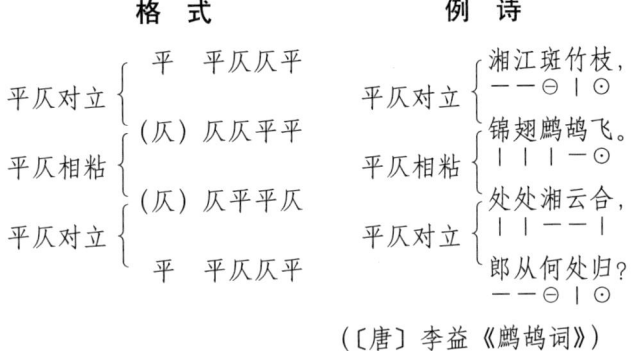

（〔唐〕李益《鹧鸪词》）

这个格式中的第一第四两句"平平仄仄平"句式，照过去研究诗律的书的说法，如果第一字改用仄声，第三字就必须改用平声。为什么要这么规定，在后面第六讲里介绍。

再看五言绝句第一句不入韵的格式：

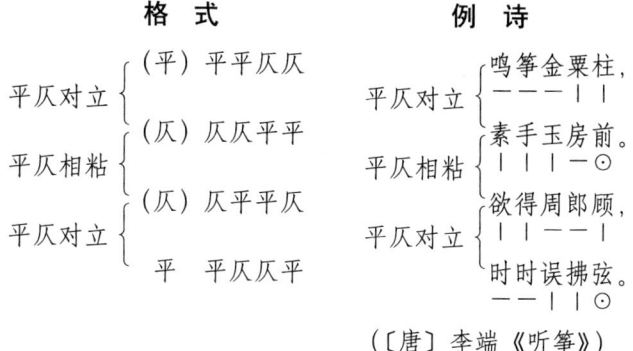

〔唐〕李端《听筝》

从格式中可以知道：五言近体诗第一句不入韵，也和七言近体诗不入韵句子一样，只在句末三个字的平仄安排作适当改变：七言诗把第五字和第七字的平仄互换，五言诗则互换第三字和第五字的平仄。平起式和仄起式都是一样。

下面是五言绝句仄起第一句入韵的格式：

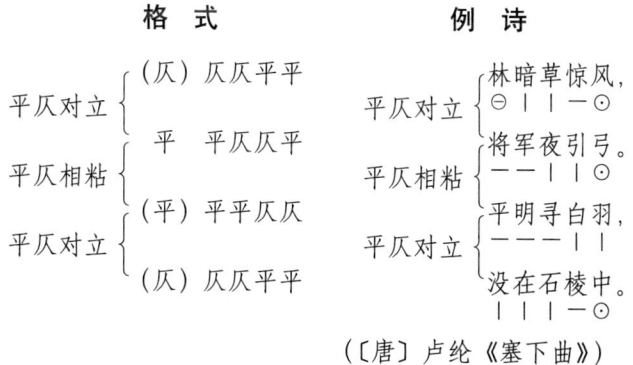

〔唐〕卢纶《塞下曲》

下面是五言绝句第一句不入韵的格式：

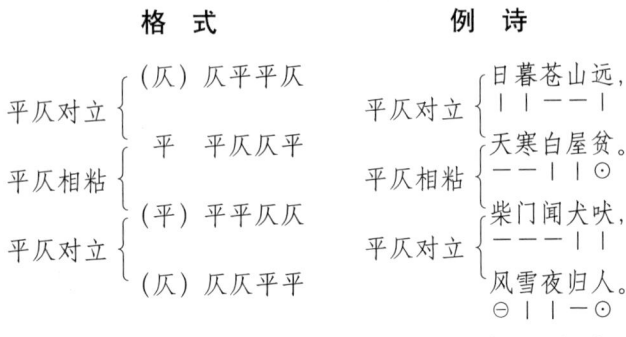

	格　式		例　诗

平仄对立 ⎰（仄）仄平平仄
　　　　 ⎱平　仄平仄平

平仄相粘 ⎰平　平仄仄平
　　　　 ⎱（平）平平仄仄

平仄对立 ⎰（平）平平仄仄
　　　　 ⎱（仄）仄仄平平

平仄对立 ⎰日暮苍山远，
　　　　 ⎱｜｜－－｜

平仄相粘 ⎰天寒白屋贫。
　　　　 ⎱－－｜｜⊙

平仄对立 ⎰柴门闻犬吠，
　　　　 ⎱－－－｜｜

　　　　 ⎰风雪夜归人。
　　　　 ⎱⊖｜｜－⊙

　　（〔唐〕刘长卿《逢雪宿芙蓉山主人》）

　　在绝句诗中，还有“律绝”和“古绝”的分别。凡是符合格律的称为律绝；不合格律的称为古绝，也就是古体绝句的意思。古绝在五言诗中比较常见，有押平声韵的，有押仄声韵的。例如李白著名的五言绝句《静夜思》：

　　　　床前明月光，
　　　　－－－｜⊙

　　　　疑是地上霜。
　　　　－｜｜｜⊙

　　　　举头望明月，
　　　　｜－｜－｜

　　　　低头思故乡。
　　　　－－－｜⊙

其中第二第三两句中节拍上的字没有做到平仄交错，是拗句；第二第三两句不粘；第三第四两句节拍用字没有平仄对立。此诗由于有以上各处不符合近体诗格律要求，所以是一首用平声韵的古绝，而不是律绝。

三、七言律诗的格式

先介绍平起式第一句入韵的七言律诗格式：

平仄对立 ⎰ （平）平（仄）仄仄平平
平仄相粘 ⎰ （仄）仄　平　平仄仄平
平仄对立 ⎰ （仄）仄（平）平平仄仄
　　　　 ⎱ （平）平（仄）仄仄平平 ⎰ 对仗
平仄相粘 ⎰ （平）平（仄）仄平平仄
平仄对立 ⎰ （仄）仄　平　平仄仄平 ⎰ 对仗
平仄相粘 ⎰ （仄）仄（平）平平仄仄
平仄对立 ⎰ （平）平（仄）仄仄平平

以唐人卢纶的《晚次鄂州》一诗为例：

平仄对立 ⎰ 云开远见汉阳城，
　　　　 ⎱ ——｜｜｜—⊙
平仄相粘 ⎰ 犹是孤帆一日程。
　　　　 ⎱ ⊖｜——｜｜⊙
平仄对立 ⎰ 估客昼眠知浪静，
　　　　 ⎱ ｜｜①——｜｜ ⎰ 对仗
平仄相粘 ⎰ 舟人夜语觉潮生。
　　　　 ⎱ ——｜｜｜—⊙
平仄对立 ⎰ 三湘愁鬓逢秋色，
　　　　 ⎱ ——⊖｜——｜ ⎰ 对仗
　　　　 ⎱ 万里归心对月明。
　　　　 ⎱ ｜｜——｜｜⊙

平仄相粘 ⎰ 万里归心对月明。
　　　　 ⎱ ｜｜｜――｜｜⊙
平仄对立 ⎰ 旧业已随征战尽，
　　　　 ⎱ ｜｜①――｜｜
　　　　　 更堪江上鼓鼙声！
　　　　　 ①－⊖｜｜－⊙

　　我们看了律诗的格式，可以知道：起句入韵的律诗的第一句的平仄安排，和第四句、第八句的平仄安排完全相同。

　　再看仄起式第一句入韵的七言律诗格式：

平仄对立 ⎰ （仄）仄　平　平仄仄平
平仄相粘 ⎱ （平）平（仄）仄仄平平
平仄对立 ⎰ （平）平（仄）仄平平仄 ⎤
　　　　 ⎱ （仄）仄　平　平仄仄平 ⎦ 对仗
平仄相粘 ⎰ （仄）仄（平）平平仄仄 ⎤
平仄对立 ⎱ （平）平（仄）仄仄平平 ⎦ 对仗
平仄相粘 ⎰ （平）平（仄）仄平平仄
平仄对立 ⎱ （仄）仄　平　平仄仄平

　　以晚唐诗人李商隐《无题》诗为例：

平仄对立 ⎰ 昨夜星辰昨夜风，
　　　　 ⎱ ｜｜――｜｜⊙
　　　　　 画楼西畔桂堂东。
　　　　　 ①－⊖｜｜－⊙

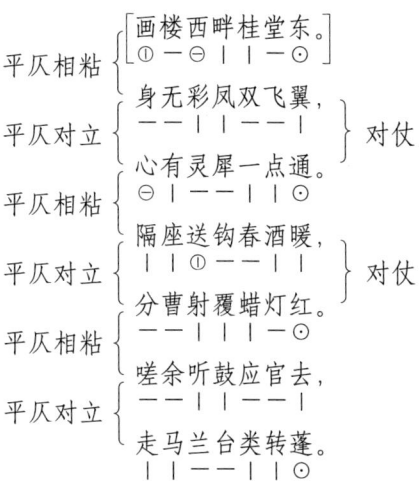

七言律诗仄起式如果第一句不入韵，只把这一句中的第五字和末一字的平仄互相调换，也就变成与第五句相同的"仄仄平平平仄仄"句式。其他各句的句式不变。例如白居易的《寄殷协律》诗：

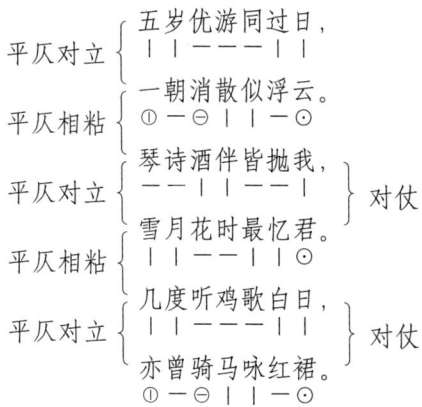

平仄相粘 {
　亦曾骑马咏红裙。
　① 一 ⊖ ｜ ｜ 一 ⊙

平仄对立 {
　吴娘暮雨萧萧曲，
　一 一 ｜ ｜ 一 一 ｜

　自别苏州更不闻。
　｜ ｜ 一 一 ｜ ｜ ⊙

　　从上述律诗的格式也可知道，一首第一句入韵的律诗就是由第一句入韵的和第一句不入韵的绝句组合而成的；一首第一句不入韵的律诗，就是由两首第一句不入韵的绝句组合而成的。只需懂得绝句的格式，也就懂得律诗的格式。

　　在七言律诗中，也有虽是八句组成，但是在其他方面不合格律的情况。例如唐代崔颢有名的《黄鹤楼》诗就是这样的：

　　　昔人已乘黄鹤去，
　　　｜ 一 ｜ 一 一 ｜ ｜

　　　此地空馀黄鹤楼。
　　　｜ ｜ 一 一 一 ｜ ⊙

　　　黄鹤一去不复返，
　　　一 ｜ ｜ ｜ ｜ ｜ ｜

　　　白云千载空悠悠。
　　　｜ 一 一 ｜ 一 一 ⊙

　　　晴川历历汉阳树，
　　　一 一 ｜ ｜ ｜ 一 ｜

　　　芳草萋萋鹦鹉洲。
　　　一 ｜ 一 一 ｜ ｜ ⊙

　　　日暮乡关何处是，
　　　｜ ｜ 一 一 一 ｜ ｜

烟波江上使人愁。
ーーー｜｜ー⊙

诗中第一句"昔人已乘黄鹤去",第二字"人"和第四字
"乘"都是平声,没有做到平仄交错。第二句"此地空馀黄
鹤楼"是律句,但是和第一句没有平仄对立。第三句"黄鹤
一去不复返",其中六个仄声字,只有第一个字"黄"字是
平声,又和第二句失粘。第四句"白云千载空悠悠"从平仄
交错来看没有错,但是词意和词组形式与第三句没有形成工
整的对仗,平仄也没有完全做到对立。第五句和第六句"晴
川历历汉阳树,芳草萋萋鹦鹉洲"既是律句,对仗也很工
整;第五句又和第四句相粘。末两句"日暮乡关何处是,烟
波江上使人愁",这两句本身是律句,句子间的平仄相对和
相粘也没有问题。

　　所以,这首诗虽然后面四句完全合格律,但是由于前面
四句不合格律,也就不能算是典型的律诗,只能称作古体律
诗或是变体律诗。

四、五言律诗的格式

　　五言律诗只是七言律诗少了每句开头两个字。适用于七
言律诗的格律,同样适用于五言律诗。
　　先看五言律诗平起第一句入韵的格式:

格　式

平仄对立 { 平　平仄仄平
平仄相粘 { (仄）仄仄平平
平仄对立 { (仄）仄平平仄
　　　　　 平　平仄仄平　} 对仗
平仄相粘 { (平）平平仄仄
平仄对立 { (仄）仄仄平平　} 对仗
平仄相粘 { (仄）仄平平仄
平仄对立 { 平　平仄仄平

例　诗

平仄对立 { 乘轺奉紫泥，
　　　　　 — — ｜ ｜ ⊙
平仄相粘 { 泽国渺天涯。
　　　　　 ｜ ｜ ｜ — ⊙
平仄对立 { 九派春潮满，
　　　　　 ｜ ｜ — — ｜　} 对仗
　　　　　 孤帆暮雨低。
　　　　　 — — ｜ ｜ ⊙
平仄相粘 { 草深莺断续，
　　　　　 ⊙ — — ｜ ｜　} 对仗
平仄对立 { 花落水东西。
　　　　　 ⊖ ｜ ｜ — ⊙
平仄相粘 { 更有高堂处，
　　　　　 ｜ ｜ — — ｜
平仄对立 { 知君路不迷。
　　　　　 — — ｜ ｜ ⊙

（〔唐〕郑锡《送客之江西》）

再看五言律诗平起第一句不入韵的格式：

格　式

平仄对立 { （平）平平仄仄
平仄相粘 { （仄）仄仄平平
平仄对立 { （仄）仄平平仄
　　　　 { 平　平仄仄平 } 对仗
平仄相粘 { （平）平平仄仄
平仄对立 { （仄）仄仄平平 } 对仗
平仄相粘 { （仄）仄平平仄
平仄对立 { 平　平仄仄平

例　诗

平仄对立 { 故人江海别，
　　　　 { ⊖ — — ｜ ｜
平仄相粘 { 几度隔山川。
　　　　 { ｜ ｜ ｜ — ⊙
平仄对立 { 乍见翻疑梦，
　　　　 { ｜ ｜ — — ｜ } 对仗
平仄相粘 { 相悲各问年。
　　　　 { — — ｜ ｜ ⊙
平仄对立 { 孤灯寒照雨，
　　　　 { — — — ｜ ｜ } 对仗
平仄相粘 { 深竹暗浮烟。
　　　　 { ⊖ ｜ ｜ — ⊙
平仄对立 { 更有明朝恨，
　　　　 { ｜ ｜ — — ｜
　　　　 { 离杯惜共传。
　　　　 { — — ｜ ｜ ⊙

（〔唐〕司空曙《云阳馆与韩绅宿别》）

下面是五言律诗仄起第一句入韵格式：

格　式

平仄对立 $\left\{\begin{array}{l}\text{（仄）仄仄平平}\\[6pt]\text{平　平仄仄平}\end{array}\right.$

平仄相粘

平仄对立 $\left.\begin{array}{l}\text{（平）平平仄仄}\\[6pt]\text{（仄）仄仄平平}\end{array}\right\}$ 对仗

平仄相粘

平仄对立 $\left.\begin{array}{l}\text{（仄）仄平平仄}\\[6pt]\text{平　平仄仄平}\end{array}\right\}$ 对仗

平仄相粘 $\left\{\text{（平）平平仄仄}\right.$

平仄对立 $\left\{\text{（仄）仄仄平平}\right.$

例　诗

平仄对立 $\left\{\begin{array}{l}\text{何地避春愁，}\\ \ominus | | -\odot\end{array}\right.$

平仄相粘 $\left\{\begin{array}{l}\text{终年忆旧游。}\\ --| | \odot\end{array}\right.$

平仄对立 $\left.\begin{array}{l}\text{一家千里外，}\\ \oplus --| |\\[6pt]\text{百舌五更头。}\\ | | | -\odot\end{array}\right\}$ 对仗

平仄相粘

平仄对立 $\left.\begin{array}{l}\text{客路偏逢雨，}\\ | | | -\\[6pt]\text{乡山不入楼。}\\ --| | \odot\end{array}\right\}$ 对仗

平仄相粘

平仄对立 $\left\{\begin{array}{l}\text{故园桃李月，}\\ \oplus --| |\\[6pt]\text{伊水向东流。}\\ \ominus | | -\odot\end{array}\right.$

（〔唐〕顾况《洛阳早春》）

下面是五言律诗仄起第一句不入韵格式：

格 式

平仄对立 { （仄）仄平平仄
           平 平仄仄平

平仄相粘 {

平仄对立 { （平）平平仄仄
           （仄）仄仄平平 } 对仗

平仄相粘 {

平仄对立 { （仄）仄平平仄
           平 平仄仄平 } 对仗

平仄相粘 {

平仄对立 { （平）平平仄仄
           （仄）仄仄平平

例 诗

平仄对立 { 别浦今朝暗，
           丨丨一一丨

平仄相粘 { 罗帏午夜愁。
           一一丨丨⊙

平仄对立 { 鹊辞穿线月，
           ⊙一一丨丨 } 对仗
           花入曝衣楼。

平仄相粘 { ⊖丨丨一⊙

平仄对立 { 天上分金镜，
           ⊖丨一一丨 } 对仗
           人间望玉钩。
           一一丨丨⊙

平仄相粘 { 钱塘苏小小，
           一一一丨丨

平仄对立 { 又值一年秋。
           丨丨一一⊙

（〔唐〕李贺《七夕》）

在五言律诗中，也有打破格律限制的变体诗，李白著名的《夜泊牛渚怀古》一诗就是这种类型。试看全诗：

> 牛渚西江夜，青天无片云。
>
> 登舟望秋月，空忆谢将军。
>
> 余亦能高咏，斯人不可闻。
>
> 明朝挂帆去，枫叶落纷纷。

此诗的平仄安排，基本上还是合律的，其中第三、第七两句，节拍上都用两个平声，这种句式在唐人诗中是常见的。但中间两联，按格律规定要用对仗，而诗中并没有用对仗，可是读起来反而更觉清丽。这是一首变体律诗，一千多年来博得人们的称赞。

看了以上七言绝句和律诗、五言绝句和律诗的格式，我们就知道，凡是近体诗，都只有四种格式，即：平起第一句入韵式、平起第一句不入韵式，和仄起第一句入韵式、仄起第一句不入韵式。

根据上面介绍的绝句和律诗的格式，只要熟悉平仄安排的格律，懂得一个句子中的节拍用字平仄交错，句子之间的节拍用字平仄对立和平仄相粘这一些规则，又知道这一首诗是平起式或者是仄起式，也就是知道第一句的第一个节拍是平声字或者是仄声字，那就可以推演出这首诗的格式。熟悉写格律诗的人，当他写第一句时把第一个节拍也就是第二个字的平仄声确定后，便很自然地运用句子中间平仄交错和平仄相对相粘的规则，写出完全符合格律的诗，用不着去查阅格式。

第六讲　近体诗的其他规则

　　近体诗的格律，除了前面第四讲介绍的三个要点以外，还有一些规则。这里分四个方面讲：第一是避免孤平，第二是三字尾的平仄安排，第三是句中单数字的平仄安排，第四是拗救。

一、避免孤平

　　所谓孤平，就是孤立的平声字，这是指一句诗的范围说的。如果诗句中出现孤平，就叫作犯孤平，这是作诗必须避免的。现在通行的研究诗的格律的书中，对孤平的含义有两种说法。一种说法是：犯孤平的句子，特指两种平脚句式，一种是五言的"平平仄仄平"句式，如果第一字改用仄声字，成为"仄平仄仄平"句式，就算犯孤平；另一种是七言的"仄仄平平仄仄平"句式，如果第三字改用仄声字，成为"仄仄仄平仄仄平"句式，也算犯孤平。因为这两种句式都是除了韵脚之外只剩下一个平声字，成了孤平。至于句末是仄声字的句子，即便只有一个平声字，也不算犯孤平。

第二种说法是：一句诗中，凡是两个仄声字夹一个平声字，不论句子中是不是还有平声字，就算犯孤平。例如上面说的五言句子的"平平仄仄平"句式，如果把第一个字换为仄声，变成"仄平仄仄平"句式，那么第二个字平声就被第一、第三两个仄声字所夹；又例如上面所说的七言诗的"仄仄平平仄仄平"句式，如果把第三个字换为仄声，变成"仄仄仄平仄仄平"句式，那么第四个字平声就被第三、第五两个仄声字所夹，这就叫作犯孤平。

这两种说法虽然不同，可是都认为可能犯孤平的只有以上所说的两种句型，所以一般都认为五言的"平平仄仄平"句式的第一个字，七言的"仄仄平平仄仄平"句式的第三个字，都是不能用仄声的。

以上这两种对孤平的解释，各有各的根据。清朝人王士禛另有一种说法，他认为一句诗中必须有两个连接的平声字，也就是不能使平声字孤立。这个论点，就把前面介绍的两种论点都包括了进去。试看五言被认为犯孤平的"仄平仄仄平"句式，和七言被认为犯孤平的"仄仄仄平仄仄平"句式，都没有相连接的两个平声字。

持前两种说法的，认为犯孤平指的是平声韵脚句子；如果句末是仄声字，即便只有一个平声字，也不算犯孤平。而王士禛的这个论点，没有把仄脚句除开，这就更完备了；因为仄脚句子中也可能出现犯孤平情况，例如五言诗的"仄仄仄平仄"这个句式，句中就只剩下一个平声，而且这个平声字被两个仄声字所夹。

所以，王士禛所说的一句诗中没有两个连接的平声字就算犯孤平，比另两种说法更明白，更容易记。

照过去研究格律的书的说法，认为犯了孤平的句子，可以采取补救办法使之合于格律，就是把犯孤平的五言句的第三字，七言句的第五字改用平声。经过这样补救，五言句变成"仄平平仄平"句式，七言句变成"仄仄仄平平仄平"句式，这两种句式，都是除了韵脚是平声字以外，句子中间另有两个平声字连在一起，并且两种句式都不存在两个仄声字夹一个平声字的情况。这当然也符合王士禛的论点。

这种补救办法，过去研究格律的书称为"孤平拗救"，也就是用拗句来补救孤平的意思。因为照过去的说法，平脚句子的末三字，只能是仄仄平或仄平平两种类型才算合于格律，可是经过补救的孤平句子的末三字是平仄平，所以认为是不合格律的拗句。

不过，对于"犯孤平"这个前人定下的规矩，我们也不必墨守成规不敢突破。因为所谓孤平之说，从字面来看，可能是指一句诗中只有一个平声字；如果有两个平声字，就不能算是"孤"了。诗句中要求既有平声字又有仄声字，为的是使声调有起有伏，听起来不致单调平板，原是从音乐效果上考虑的，并不是有意制造不必要的戒条来束缚诗歌作者的手脚。当然，如果一句诗中只有一个平声字，即便是五言诗，其中的仄声字占了四个，而平声字只有一个，不论这个平声字放在句子中的任何部位，整句诗读起来是不大中听的，也就降低了作品的艺术效果。从这个角度来看，孤平这条戒律确有其存在的必要。

但是照过去研究诗律的书的说法，认为平脚句的诗句，除韵脚之外只有一个平声字，或者说句子中两个仄声字夹一个平声字，就算犯孤平，而仄脚句即便全句只有一个平声字也不算犯孤平。这些说法，都有值得研究的地方，不妨略加讨论。

过去有的研究诗律的书认为：《全唐诗》中找不出"仄平仄仄平"这种孤平句子。可是事实并不是如此。例如戴叔伦《送友人东归》诗中的"出关送故人"句，钱起《送襄阳卢判官奏开河事》诗中的"一言简圣聪"句，就是"仄平仄仄平"句型。不过这种句型不常见。

再从艺术效果来检验这种被认为是孤平的"仄平仄仄平"句型，究竟是不是应该舍弃不用。这种句型，第二字是平声，第四字是仄声，符合节拍所在用字平仄交错的规则，所以戴叔伦的"出关送故人"句和钱起的"一言简圣聪"句，读起来仍然感到音律和谐，听起来也并无别扭之感。既然如此，就不必强加限制，认为是"犯孤平"而规定必须避免。

我们知道，在五言诗的平脚句子中，有一种"仄仄仄平平"句型是常用的标准句型。这种句型也是除了句末一字是平声而外，只有第四字是平声。它与"仄平仄仄平"句型比较，既然都是除韵脚而外句中只有一个平声字，那么为什么"仄仄仄平平"句型不算犯孤平，而"仄平仄仄平"句型就是犯孤平呢？

至于七言中的"仄仄仄平仄仄平"句型，前人认为，这种孤平句子只能将第五字改用平声，成为"仄仄仄平平仄平"句型，才算作合律的"孤平拗救"句子。其实在唐人的诗句中，就有不用"仄仄仄平平仄平"这种"孤平拗救"方式，而是只把第一字改用平声，成为"平仄仄平仄仄平"句型的。例如白居易《燕子楼三首》（其二）的"曾到尚书墓上来"句，杜牧《寄远三首》（其一）的"清夜一声白雪微"句，许浑《泊蒜山津闻东林寺光仪上人物故》的"寒殿一灯夜更高"句，罗隐的《钱唐见芮逢》的"狂忆判身入酒船"句，都是这种句型。

从以上所列举唐人用过的"仄平仄仄平"和"平仄仄平仄仄平"两种句型中可以看出，前一种的第二字平声被第一、三两个仄声字所夹，后一种的第四字平声被第三、五两个仄声字所夹。如果照某些研究诗律的书所说，两个仄声字夹一个平声字便算犯孤平，那么唐人诗句中就有一些犯孤平的句子。

我们再看唐人用过的这种"仄平仄仄平"和"平仄仄平仄仄平"句型中，都没有连接的两个平声字。说明王士祯提出的诗句中没有两个平声字连接便犯孤平的论点，仍然不能对孤平作出正确的解释。

至于认为犯孤平的句子只限于平脚句，而仄脚句不存在犯孤平问题，即便全句只有一个平声字，也不算犯孤平。这种说法也值得研究。试看：平脚句的末一字已是平声，此外再有一个平声字，连韵脚已有两个平声字，可是这种句子仍被认为犯孤平；而仄脚句的末一字既不是平声字，句中即便只有一个平声字，却不算犯孤平。难道诗句讲求音律和谐，是只要求平脚句，而仄脚句就不受约束吗？所以，诗句中要避免孤平，也应该包括仄脚句在内。

过去研究诗律的书提出以上一些关于诗句避免孤平的论点，大致是根据唐诗中多数情况得出的结论，比如五言的"仄平仄仄平"句型和七言的"仄仄仄平仄仄平"句型，在唐人的诗句中确实比较少见，于是便认为这两种句型是"犯孤平"；而五言的"仄平平仄平"和七言的"仄仄仄平平仄平"这种句型，在唐人诗中又比较常见，所以认为这两种句型是为了补救孤平而采用的拗救方式。其实被认为犯孤平的五言和七言句型，句中节拍都做到了平仄交错，本身就是律句，用不着采取补救措施。

认为仄脚句不存在犯孤平的问题，这种论点可能也是从唐人诗句的实际情况归纳的。在唐人的近体诗中，确有不少仄脚句只有一个平声字。但我们应该知道，凡是只有一个平声字的仄脚句，都是诗歌作者根据内容的需要，不愿迁就格律写成的，并不是有意提倡使用这种全句只有一个平声字的句型，因此，不能得出仄脚句不受孤平约束的结论。

从上述情况看来，近体诗句要避免犯孤平是必要的。但是应该避免的孤平，是一句诗中只有一个孤立的平声字，因为这种句子必然是拗句。凡属这种情况，就须在句子中适当增加平声字，以使音律和谐，加强艺术效果。而避免孤平的句子，不仅指平脚句，也应包括仄脚句。

二、三字尾的平仄安排

诗句的末尾三个字叫作三字尾。在三字尾的平仄安排方面，有一些值得注意的地方。例如在近体诗中，平脚句子末三字不能同用平声，仄脚句子末三字不能同用仄声，这和古体诗的三字尾常常同是平声字或者同是仄声字的情况，有明显的区别。

近体诗如果出现三字尾全是平声或者全是仄声，都称为"拗"。而这种拗，都是由五言句中的第三字和七言句中的第五字，也就是三字尾的第一个字造成的。因为三字尾的中间一个字是双数字，本来是节拍用字，只需按照全诗格律的情况安排平仄，没有斟酌的必要；而三字尾最末一个字，用平声就是韵脚，用仄声就是不入韵句，也是很清楚的，不至于错用。唯独三字尾的第一个字，如果平仄安排不适当，就成了不合格律的拗句。

三字尾必须避免同是平声字或者同是仄声字，这同样是从音乐效果考虑的。因为近体诗句的末三字，是由一个双音步和一个单音步组成的，也就是两个节拍，声律上必须有变化；如果一连用三个同声的字，声律就没有变化而显得平板，不能出现音调的高低抑扬，听起来就不会和谐悦耳。所以在这三个字中，必须既有平声字，又有仄声字。

如果由于内容的需要，偶一出现句末是三个平声字，或者是三个仄声字，怎么办？这就要在本句或者邻句适当的地方采取补救办法。这种补救办法，将在本讲的第四部分介绍。

在过去研究诗的格律的著作中，对近体诗三字尾的第一个字，认为只能按照标准格式安排平仄才是律句，否则便是拗句。我们看三字尾的标准格式，只有以下四种：属于平脚句子的是"仄仄平"和"仄平平"；属于仄脚句子的是"平平仄"和"平仄仄"。这四种格式，除了"平仄仄"和"仄平平"两种格式的第一个字，为了避免造成三个字同是平声或者同是仄声，确是不能变更平仄以外，其馀的"平平仄"和"仄仄平"两种格式的第一个字，因为是单数字，不是节拍所在，所以在必要的时候是可以灵活安排平仄的。唐代诗人的近体诗中，对三字尾就常用"仄平仄"或者是"平仄平"的句式。再从艺术效果来检验，这两种句式读起来声律也是和谐的，并没有拗的感觉。可见前人认为这一类句式是拗句，理由未必充分。

按近体诗标准格式，三字尾第一字应该用平声而改用仄声的，这种"仄平仄"句式只见于五言仄起式的仄脚句，或者是七言平起式的仄脚句。下面是例子：

　　　暑退九霄净，秋澄万景清。
　　　　（〔唐〕刘禹锡《八月十五日夜玩月》颔联）

　　　初月未终夕，边烽不过秦。
　　　　　　　（〔唐〕贾岛《暮过山村》颈联）

　　　山色四时碧，溪光七里清。
　　　　　（〔唐〕王贞白《题严陵钓台》起联）

　　　秋风萧飒醉中别，白马嘶霜雁叫烟。
　　（〔唐〕鲍溶《蔡平喜遇河阳马判官宽话别》尾联）

　　　鲈鱼正美不归去，空戴南冠学楚囚。
　　　　　　　（〔唐〕赵嘏《长安秋望》尾联）

　　按近体诗标准格式，三字尾第一字应该用仄声而改用平声的，这种"平仄平"句式只见于五言平起式的平脚句，或七言仄起式的平脚句。举例如下：

　　　更落淮南叶，难为江上心。
　　（〔唐〕刘长卿《逢郴州使因寄郑协律》颔联）

何处孤舟别，遥遥心曲违。

（〔唐〕韦应物《送元仓曹归广陵》尾联）

朝闻游子唱离歌，昨夜微霜初度河。

（〔唐〕李颀《送魏万之京》起联）

黄鸟翩翩杨柳垂，春风送客使人悲。

（〔唐〕高适《东平别前卫县李寀少府》起联）

风尘荏苒音书绝，关塞萧条行路难。

（〔唐〕杜甫《宿府》颈联）

从以上例子可以知道，近体诗句的三字尾中的第一个字，在不出现同是平声或同是仄声的前提下，是可以灵活安排平仄的。

三、句中单数字的平仄安排

前面说过，一句诗中的节奏点是在双数字上，所以对双数字的平仄安排要求严格，不能含糊。而诗句中的单数字，在一般情况下，是可以灵活使用平声字或者仄声字的。因此，过去对格律诗七言句的平仄安排，有一种比较流行的说法，叫作"一三五不论，二四六分明"。所谓"一三五不论"，就是指句中的单数字的平仄安排可以灵活掌握；而

"二四六分明"，就是强调句中的双数字必须严格遵守格律，不能改变。

这种"一三五不论，二四六分明"的说法，对初学写诗的人懂得诗句平仄交错的使用，会有一些帮助；特别是后一句"二四六分明"，概括了在句中节拍所在处安排平仄的重要性，是正确的说法。但是前一句"一三五不论"的说法，也有片面性。现在我们用七言近体诗的四种标准句式来检验"一三五不论"这种说法能不能成立。

七言近体诗平起式第一句入韵的标准格式，是"平平仄仄仄平平"。把句子中第一个字平声改为仄声、第三个字仄声改为平声，成为"仄平平仄仄平平"句式是可以的；但是第五个字仄声如果改为平声，句末就出现三个平声字而不合格律。所以这个句式中的第五个字非"论"不可。

七言平起第一句不入韵的标准格式是"平平仄仄平平仄"。这个句式的第一、三两个字的平仄，可以灵活使用。但是第五个字的平声，如果改为仄声，句末三个字就成了"仄平仄"，照过去的说法，就是犯了两仄夹一平的"孤平"。不过，这种句式在过去的诗中是常见的。

"仄仄平平仄仄平"是七言仄起第一句入韵的标准格式。其中第一第五两个字可以"不论"；但是第三个字平声如果改为仄声，照过去的说法，便又犯了孤平。

"仄仄平平平仄仄"是七言仄起第一句不入韵的标准格式。其中第一第三两个字的平仄，可以改变；而第五个字的平声，如果改为仄声，便出现仄声三字尾。

因此，所谓"一三五不论"不是绝对的，其中只有第一个字，可以灵活安排平仄，而第三第五两个字，必须在避免孤平和不致造成句末三个平声字或者三个仄声字的前提下，才可以灵活安排平仄。这个原则，也适用于五言句的第一第三两个字的平仄安排。

四、拗救

近体诗凡是平仄安排不合格律的句子，称为拗句，不合格律的字称为拗字。拗句是由拗字造成的。诗中出现拗句，可以采取补救的办法，称为拗救。拗句经过补救，就算合律。

拗句的补救办法，分当句救和对句救两种。

壹　当句救

当句救又称"自救"，是指就拗句本身采取补救办法。比如句中某一个节拍的字，成了拗字，便在本句中选一个单数字，改变原定的平仄安排，作为补救。经过补救之后，就使全句不会因为出现拗字而影响声律的和谐。前面介绍的孤平拗救，就属于当句救的一种。下面再举几个当句救的例子。

杜甫的七言律诗《题张氏隐居》的颔联是这么两句：

涧道馀寒历冰雪，石门斜日到林丘。

按照格律，上句的平仄安排应该是"仄仄平平平仄仄"，但是实际安排是"仄仄平平仄平仄"，第四字"寒"是平声，第六字"冰"又是平声，违反了平仄交错的规矩，"冰"成了拗字。为了补救，便将按格律应该用平声的第五字改用仄声字"历"。这样补救之后便算合律。

再看中唐诗人李益的七律《送贾校书东归寄振上人》诗中的尾联两句：

为向东州故人道，江淹已拟惠休诗。

前一句的第四字"州"是平声，按照格律节拍用字平仄交错的规则，第六字就应该用仄声。可是句中的"人"字是平声，成了拗字。于是将按标准格式应该用平声字的第五字改用仄声字"故"，以资补救。

又如中唐诗人元稹的七律《以州宅夸于乐天》诗中的额联两句：

四面常时对屏障，一家终日在楼台。

上句的第六字，按格律须用仄声，而"屏"字是平声，故把应该用平声的第五字改用仄声字"对"来补救。

以上三例，都是在七言句的第五、六字互换平仄以补救拗字。这种拗救句型，在唐人诗中是比较常见的。

再看五言句的当句救。先以刘长卿的五言律诗《岳阳馆中望洞庭湖》的尾联为例：

孤舟有归客，早晚达潇湘。

前一句的两个节拍用字"舟"和"归"都是平声字，而"归"是拗字，便将按格律该用平声的第三字改用仄声字"有"，以作补救。

再看晚唐诗人马戴的五言律诗《过野叟居》颈联中的拗句补救情况：

呼儿采山药，放犊饮溪泉。

上句第四字"山"是拗字，便把须用平声的第三字改为仄声字"采"作补救。

在唐人的五言近体诗中，以上这种在第三、四字互易平仄的拗救句式，也是比较常见的。

在过去的研究诗律的书中，把拗句当句救的五言"平平仄平仄"句式和七言"仄仄平平仄平仄"句式，称为拗律句，是特定的一种平仄格式。所持的理由是：这种句式，在唐宋的近体诗中是很常见的，而且在科举考试场中，也允许用这种句式。事实上这种句式其所以比较常见，一方面是出于内容的需要，诗人不愿意勉强牵就格律而影响诗意；另一方面，这两种当句救句式，都是在节拍用字之处以平声代替仄声，使五言句的节拍用两个平声字，七言句在一个仄声字节拍之后用两个平声字节拍，这在音律上比两个节拍连用仄声字好听。而从全句来看，并没有减少平声字而增加仄声字，也没有造成仄声三字尾。所以，诗人在实际需要的时候，就采用这种当句救句式。这种句式，仍然是经过补救的拗句，并不是什么特定的一种平仄格式。

贰 对句救

对句救是当句子中出现拗字以后，在本句没有条件进行补救的情况下，就在下一句适当位置进行补救的意思。也就是说，当上句出现一个平声拗字以后，就在下一句适当的地方，用一个仄声字补救；相反，如果上句出现的拗字是仄声，下句就在适当的地方用一个平声字补救。我们知道，上句既然出现拗字，不能在本句中补救，这一句已经是拗句；而下句为了"救"上一句的"拗"，也必然要改动本句的格律而成拗句。所以，一般的对句救，如果单从格律上看，上下两句都是单独的拗句，而两句合起来看，也只是一拗一救的一对拗句。

对句救一般都在上下句同一位置的字使用，而以五言句的第三字和七言句的第五字，使用拗救的情况比较多。例如刘长卿的五律《馀干旅舍》的颈联：

渡口月初上，邻家渔未归。

按照标准格式，上句应该是"仄仄平平仄"，而现在是"仄仄仄平仄"，第三个字"月"是拗字。下句应该是"平平仄仄平"，现在改为"仄平平仄平"，其中第一个字本是可平可仄，可以灵活安排，这里把应该用仄声的第三字改用平声"渔"，也就补救了上句第三字的仄声拗字。

再看李商隐的七律《二月二日》颔联：

花须柳眼各无赖，紫蝶黄蜂俱有情。

按照标准格式，上句的第五字应该用平声，下句的第五字应该用仄声；可是由于上句的第五字"各"字是仄声，成了拗句，所以把下句同一位置的第五字改用平声字"俱"，形成与上句的对句救。

也有上句某一位置出现拗字，而在对句补救的时候不在同一位置的。例如白居易的五律《赋得古原草送别》中的颔联：

野火烧不尽，春风吹又生。

上句第四字应该用平声，这里用的是仄声字"不"，成了拗句；而全句只有第三字"烧"是平声，犯了孤平。于是就把下句应该用仄声字的第三个字改用平声字"吹"来补救。

在近体诗中，采用拗救的方式是常见的；但是前人作的近体诗，也常有虽然是拗句而不补救的情况。例如中唐诗人李昌符的五律《塞上行》的颔联：

> 阴风向晚急，杀气入秋多。
> 一一丨丨丨　丨丨丨一◎

上句第三字按格律规定应该用平声字，句中却用的仄声字"向"，成了三字尾都是仄声字的拗句；可是下句的平仄安排是合律的"仄仄仄平平"句式，并没有对上句的拗句作补救。

又如杜甫的七律《咏怀古迹五首》的第二首颔联：

> 怅望千秋一洒泪，萧条异代不同时。
> 丨丨一一丨丨丨　一一丨丨丨一◎

上句出现三字尾同是仄声字，形成拗句；而下句"平平仄仄仄平平"是标准律句，没有对前面的拗句作补救。

看了上面两个例子可以知道，诗句出现拗字是出于内容的需要。在条件许可的时候，可以采用当句救或者是对句救的方式；如果受字面限制，也不必勉强去救。总之，拗救只是近体诗的一种变通方式，并不硬性规定有拗必救。

第七讲　近体诗的句式

前面讲过，近体诗不论是绝句还是律诗，都只有五言和七言两种形式，也就是说近体诗只有五字句和七字句两种。

在前人的五言近体诗和七言近体诗句中，从词的组合结构看，除了常见的一般诗句形式，也有比较特殊的诗句形式。下面分别介绍。

一、五言近体诗的句式

五言近体诗句，常见的以上二下三、上二中一下二以及上二中二下一句式比较多。属于上二下三句型的，如唐人司空曙的五言律诗《喜外弟卢纶访宿》的颔联：

雨中｜黄叶树，灯下｜白头人。

这两句诗，都是前二字是一个词组，后三字是一个词组。

又如刘禹锡的五律《岁夜咏怀》：

　　　　弥年｜不得意，新岁｜又如何！

　　　　念昔｜同游者，而今｜有几多！①

　　　　以闲｜为｜自在，将寿｜补｜蹉跎。

　　　　春色｜无｜新故，幽居｜亦见过②。

全诗八句，除五、六句和第七句从组合结构来看是上二中一下二句式而外，其馀五句都是上二下三句型。

五言近体诗句另一种常见的句型，是上二中一下二的组合。例如以下句子：

　　　　笙歌｜归｜院落，灯火｜下｜楼台。

　　　　　　　　　　（〔唐〕白居易《宴散》）

　　　　海雾｜连｜南极，江云｜暗｜北津。

　　　　　　　　　　（〔唐〕柳宗元《梅雨》）

　　　　一花｜开｜楚国，双燕｜入｜卢家。

　　　　　　　　　　（〔唐〕刘方平《新春》）

---

　　①　额联是流水对，上下句是一句话分作两句说。
　　②　"过"字在这里读第一声"锅"。

这六个例句，都是前后各一个二字词组，中间以一个字的动词或形容词连接。

上二中二下一句型，也是五言近体诗常见句型之一。试看以下例句：

路出｜寒云｜外，人归｜暮雪｜时。

〔唐〕卢纶《送李端》

西塞｜云山｜远，东风｜道路｜长。

〔唐〕皇甫曾《送王司直》

鸟道｜高原｜去，人烟｜小径｜通。

〔唐〕张祜《题松汀驿》

六个例句中，前四字都是两个由二字构成的词组。

在一首诗中，诗句常常是几种不同的句型。这种多样化的句型存在于一首诗中，就不致使句式单调而少变化，减低艺术效果。比如一首五言律诗，八句中有时就包括上述的三种句式，至少是两种句式；其中的中间两联，一般都是每一联一种句式。就是五言绝句，四句中一般也包括两种句式。下面举几个例子：

十年｜离别｜后，长大｜一相逢。

问姓｜惊｜初见，称名｜忆｜旧容。

别来｜沧海｜事，语罢｜暮天｜钟。

明日｜巴陵｜道，秋山｜又几重。

（〔唐〕李益《喜见外弟又言别》）

这首五言律诗，八句中就包括三种不同的句型。而中间两联，颔联是上二中一下二句型，颈联是上二中二下一句型。

小邑｜沧洲吏，新年｜白首翁。

一官｜如｜远客，万事｜极｜飘蓬。

柳色｜孤城里，莺声｜细雨中。

羁心｜早已乱，何事｜更春风！

（〔唐〕刘长卿《海盐官舍早春》）

这首诗中的八句，也包括三种不同的句型。而中间两联的句型各不相同。

移舟｜泊｜烟渚，日暮｜客愁｜新。

野旷｜天低树，江清｜月近人。

（〔唐〕孟浩然《宿建德江》）

终南｜阴岭｜秀，积雪｜浮｜云端。

林表｜明｜霁色，城中｜增｜暮寒。

（〔唐〕祖咏《望终南残雪》）

这两首五言绝句，每首各为四句，前一首用了三种不同的句式，后一种也用了两种不同的句式。

在五言近体诗中，除了常见的以上三种句型而外，还有少数比较特殊的句型，如上三下二和上四下一这一类句式，也见于前人的诗中。下面试举两例：

云中君｜不降，竟夕｜自悲秋。

（〔唐〕马戴《楚江怀古》）

云安公主｜贵，出嫁｜五侯｜家。

（〔唐〕陆畅《催妆诗》）

在这两个例子中，前一首第一句是上三下二句型，后一首第一句是上四下一句型。前一首用的"云中君"和后一首用的"云安公主"，都是人名，不能强加分割，于是成了上三下二和上四下一句型。但也有并非限于专名也采用上三下二句型的，如北宋王安石写的五律《送监簿南归》中的颈联两句，就是这种句式：

水阅公｜三世，云浮我｜一身。

看了以上介绍的五言近体诗的各种不同句式，可以知道，每句诗虽仅五个字，但安排组合却有灵活性。而在一首诗中，不论是绝句还是律诗，都要避免使用单一的句式，做到错落有致。

二、七言近体诗的句式

七言近体诗常见的句式，按词的组合结构区分，有二二二一句型和二二一二句型两大类。这两类句型的诗句在口诵时，都可以作上四下三句来读。分别举例如下：

巫峡｜啼猿｜数行｜泪，衡阳｜归雁｜几封｜书。
（〔唐〕高适《送李少府贬峡中、王少府贬长沙》）

春风｜自信｜牙樯｜动，迟日｜徐看｜锦缆｜牵。
（〔唐〕杜甫《城西陂泛舟》）

以上两例，是二二二一句型，也是七言近体诗的主要句式之一。

秦地｜故人｜成｜远梦，楚天｜凉雨｜在｜孤舟。
（〔唐〕李端《宿淮浦忆司空文明》）

千寻｜铁锁｜沉｜江底，一片｜降幡｜出｜石头。

（〔唐〕刘禹锡《西塞山怀古》）

以上两例，都是二二一二句式。也是七言近体诗的主要句型之一。

七言近体诗还有比较特殊的句型。例如：

三五夜中｜新月｜色，二千里外｜故人｜心。

（〔唐〕白居易《八月十五日夜禁中独直，对月忆元九》）

高阳酒徒｜半｜凋落，终南山色｜空｜崔嵬。

（〔唐〕罗隐《曲江春感》）

以上两例，句中前面部分都是四个字构成的词组。前一例后面三个字和后一例后面三个字，都是一字和两字组合的。这种句式比较少见。

这两例诗句在口诵时，都应作上四下三读。

七言近体诗句还有比较特殊的二四一句型，例如杜甫的七律《崔氏东山草堂》中的颈联两句：

盘剥｜白鸦谷口｜栗，饭煮｜青泥坊底｜芹。

又如唐人郑谷的七律《鹧鸪》中的颔联两句：

雨昏｜青草湖边｜过，花落｜黄陵庙里｜啼。

这种句型在口诵时，应作上二下五读。

七言近体诗也和五言近体诗一样，不论律诗或绝句，为了使诗句形式错落有致而不失于单调呆板，在每一首诗中，诗人总是力求使诗句形式多样化，以增加艺术美感。下面再各举二首七律：

玉露｜凋伤｜枫树林，巫山｜巫峡｜气萧森。

江间｜波浪｜兼｜天涌，塞上｜风云｜接｜地阴。

丛菊｜两开｜他日｜泪，孤舟｜一系｜故园｜心。

寒衣｜处处｜催｜刀尺，白帝城高｜急｜暮砧。

（〔唐〕杜甫《秋兴八首》之一）

孤城｜上与｜白云｜齐，万古｜萧条｜楚水｜西。

官舍已空｜秋草｜没，女墙犹在｜夜乌｜啼。

平沙渺渺｜迷人远，落日亭亭｜向客低。

飞鸟不知｜陵谷变，朝来暮去｜弋阳溪。

（〔唐〕刘长卿《登馀干古城》）

这两首诗，诗人都用了两种以上的句型。其中的中间两联，也都使用不同的词组结构，读起来就没有平板单调之感。

第八讲　古体诗

　　第二讲曾说过，古体诗除了诗句要求押韵而外，不受其他格律约束。从句数来看，最少的可以一首只两句，例如相传是春秋时徐人为歌颂吴国季子挂剑徐君墓树的行为而作的《徐人歌》、相传是战国时齐人杞梁殖的妻子为悼念战死的丈夫而作的《琴歌》等，都只有两句。一首诗只有三句的，例如相传是孔子去赵国时走到河边未能渡河而作的《临河歌》、刘邦取得政权后回到故乡沛县作的《大风歌》等，都只有三句。四句以上到百句以内的，在古体诗中比较多；也有一部分古体诗是超过百句的，例如杜甫的五言古诗《北征》有一百四十句，白居易的七言古诗《长恨歌》有一百二十句；而传说是东汉末年无名氏作的《为焦仲卿妻作》（即一般说的《孔雀东南飞》），这首五言古诗共三百五十七句，一千七百八十五字，是流传到现在最长的一首古体诗。

　　古体诗的用韵也有多种形式。全诗用一个韵而且句句都用韵的，如传说是秦始皇时期的《巴谣歌》、汉代乌孙公主作的《悲愁歌》等。全诗用一个韵而隔句用韵的，如传说是汉代李陵与苏武的三首五言古诗、东汉末秦嘉的三首五言古诗《留郡赠妇诗》等。在一首诗中用转韵形式的，如曹操的四言古诗《观沧海》、曹植的五言古诗《野田黄雀行》等。

古体诗的句式也多种多样，除了通篇是三字、四字、五字和七字的体式而外，其中的杂言诗句子长短交错，别具特色。

所以，仅就古体诗的形式来看，也足以说明我国古典诗歌是极为丰富多彩的。

下面试举一些例子，从中可以窥见我国古体诗库藏之一斑。

　　　　　风萧萧兮易水寒，壮士一去兮不复还！
　　　　　　　　　⊙　　　　　　　　　　⊙

这两句诗是荆轲所歌，当时他要去长安刺秦始皇，燕太子丹在易水之上为他饯行。事见《史记》。两句诗中都用了语助词"兮"字，是仿楚骚体①。前一句的"寒"，和后一句的"还"是韵脚。两句的字数不一，是杂言诗性质。

---

① 骚体来源于公元前三百年前后战国时期产生于楚国的诗歌楚辞。当时楚国的诗人屈原，写了一篇著名的诗《离骚》，于是后人有的便把楚辞直接称为"骚"。自此，楚辞这种诗歌体裁就可以用"骚体"来代替。骚体的特点之一，是在句中或句末加语助词"兮"、"些"或"只"。

　　　　　侯非侯，王非王，千乘万骑上北邙。

这三句诗是东汉灵帝末年京都童谣。当时宦官专权，灵帝被挟持出走，百官相随。北邙，山名，在洛阳北。此诗也属杂言诗。

　　　　　神龟虽寿，犹有竟时；腾蛇成雾，终为土灰。老骥
　　　伏枥，志在千里；烈士暮年，壮心不已。盈缩之期，不
　　　独在天；养怡之福，可得永年。幸甚至哉，歌以咏志。

这是曹操作的三首四言古诗咏志诗中的《龟虽寿》，与另两首《观沧海》、《土不同》合为一组诗。全诗十四句，最末二句是三首诗都有的，用以反复咏叹。其馀十二句每四句一转韵：前四句用平声韵，中四句转仄声韵，后四句又转平声韵，都是隔句用韵。

　　　　　上邪！我欲与君相知，长命无绝衰。山无陵，江水
　　　为竭，冬雷震震，夏雨雪，天地合，乃敢与君绝。

这是汉代乐府诗①中的一首杂言诗。全诗九句，包括二字

---

　　　①　乐府是汉武帝刘彻设置的官署，用来保存前代遗留下来的音乐资料，负责搜集民间流传的诗歌，并给谱上乐曲。由于这些从民间搜集来的诗歌都配上乐曲，后世便以乐府官署所采集保存的诗称为乐府诗，简称乐府。

句、三字句、四字句、五字句和六字句等五种不同的句式。诗的开头用两个平声韵，以后转三个仄声韵（入声韵）。

　　这首诗是为了表达坚贞爱情而作的。开头的"上邪！"用今天的语言解释，就是呼唤"天呀"。第二句的"相知"就是相爱的意思。第三句"长命无绝衰"，意即永远使爱情不断绝、不衰退。"山无陵"以下五句，都是违反自然规律，不可能出现的事。作者是说，除非出现这样的反常现象，我才会和你断绝。事实上是表示彼此的爱情永不断绝。

行行重行行，与君生别离。相去万馀里，各在天一
涯。道路阻且长，会面安可知！胡马依北风，越鸟巢南
枝。相去日已远，衣带日已缓。浮云蔽白日，游子不顾
反。思君令人老，岁月忽已晚。弃捐勿复道，努力加餐
饭！

这首五言古诗，是南朝梁昭明太子萧统收在他编的《文选》中的十九首古诗之一，一般认为是东汉末年的作品。作者已不可考。这是一首优美的抒情诗，与其他十八首同是汉代五言古诗中的典型作品，对后世的诗歌创作影响颇大。此诗语言质朴，感情真挚。全诗十六句，前八句用平声韵，后八句转仄声韵。诗句中有一部分是节拍用字平仄交错的律句；而

第七、八句"胡马依北风,越鸟巢南枝"是对偶句。这都给后代创造格律诗形式提供了依据。

> 中庭杂树多,偏为梅咨嗟。问君何独然,念其霜中
> 能作花,露中能作实,摇荡春风媚春日。念尔零落逐寒
> 风,徒有霜华无霜质。

这首杂言诗是晋末宋初诗人鲍照写的,题名《梅花落》,明写梅花经不起寒风吹打,暗指当时某些人临危变节,寄托深远。全诗用五言夹七言,由平声韵转仄声韵,节奏明快,音律和谐。值得提出的是,第四句"念其霜中能作花",以"花"为韵脚与第二句的"嗟"字相押,但紧接第五句"露中能作实"是与第四句相连贯而不能分割的,句中的"实"字却转为入声仄韵。这种转韵的方式是比较新颖的,算是一种创造性的做法。

> 春江潮水连海平,海上明月共潮生。滟滟随波千万
> 里,何处春江无月明。江流宛转绕芳甸,月照花林皆似
> 霰。空里流霜不觉飞,汀上白沙看不见。江天一色无纤
> 尘,皎皎空中孤月轮。江畔何人初见月,江月何年初照
> 人!人生代代无穷已,江月年年只相似。不知江月待何

人，但见长江送流水。白云一片去悠悠，青枫浦上不胜
　　　　　△　　　丨　　一○　　　　丨　一　　丨
愁。谁家今夜扁舟子，何处相思明月楼。可怜楼上月徘
○　　一　丨　一　丨　　丨　一　一　丨○　　一　丨　丨
徊，应照离人妆镜台。玉户帘中卷不去，捣衣砧上拂还
○　　丨　一　一　丨○　丨丨　一　丨丨　　丨一　一丨一
来。此时相望不相闻，愿逐月华流照君。鸿雁长飞光不
○　丨　一　丨　一　一　　丨　一　一丨一　一丨　一　丨
度，鱼龙潜跃水成文。昨夜闲潭梦落花，可怜春半不还
丨　一　一　丨丨　一○　丨丨　一　丨丨　　一　丨　丨
家。江水流春去欲尽，江潭月落复西斜。斜月沉沉藏海
○　一丨　一　丨丨丨　一　丨丨　丨　一○　一丨　一　一丨
雾，碣石潇湘无限路。不知乘月几人归，落月摇情满江
△　丨　一　一　丨△　一　一丨　丨一一　丨丨　一　丨一
树。
△

　　这首七言古诗，是盛唐诗人张若虚作的著名诗篇《春江花月
夜》。全诗紧扣诗题，写出了春、江、花、月和夜，格调清
新自然，音节和谐柔美，是一首不可多得的抒情诗。全诗
三十六句，每四句换一次韵，共换了九次韵，其中有平韵转
仄韵的，也有仄韵转平韵的。作者生活的年代，近体诗格律
已到完备阶段，所以诗中有五分之四的句子用了律句，其中
"玉户"两句和"鸿雁"两句用了对仗。从这首诗中可以看
出古体诗在唐代的发展过程。

　　　　姑苏台上乌栖时，吴王宫里醉西施。吴歌楚舞欢未
　　　　　　　　　　○　　　　　　　○
毕，青山欲衔半边日。银箭金壶漏水多，起看秋月坠江
△　　　　　　△　　　　　　　　○

波，东方渐高奈乐何！
　◉　　　　　　　◉

这首七言古诗《乌栖曲》，是李白著名的诗篇之一。诗的表面讽刺春秋时吴王夫差的荒淫生活，实际是针对当时唐玄宗、杨贵妃的类似行为而写的。全诗七句，前面是两句一转韵，最末三句用一个韵。可见古体诗可以用奇数句，并且可以在奇数句子用韵。

　　　　八月秋高风怒号，卷我屋上三重茅。茅飞渡江洒江
　　　　　　　　　◉
郊，高者挂罥（juàn）长林梢，下者飘转沉塘坳。南村
　◉　　　　　　　　　　　◉　　　　　　　　　◉
群童欺我老无力，忍能对面为盗贼，公然抱茅入竹去，
　　　　△　　　　　　　　　　　△
唇焦口燥呼不得，归来倚杖自叹息。俄顷风定云墨色，
　　　　　　　△　　　　　　　　△　　　　　　　△
秋天漠漠向昏黑。布衾多年冷似铁，娇儿恶卧踏里裂。
　　　　　△
床头屋漏无干处，雨脚如麻未断绝。自经丧乱少睡眠，
　　　　　　　　　　　　△
长夜沾湿何由彻！安得广厦千万间，大庇天下寒士俱欢
　　　△　　　　　　　　　　◉
颜，风雨不动安如山。呜呼！何时眼前突兀见此屋，吾
　◉　　　　　　◉　　　　　　　　　　　　△
庐独破受冻死亦足。
　　　　△

这首杂言古诗《茅屋为秋风所破歌》，是杜甫的千古名作。诗人在状写个人生活中的一段困苦遭遇时，表达了自己高贵

的情操。全诗除用了感叹词"呜呼"不计句数而外，共有二十三句。开头五句用平声韵，句句用韵，第五句是奇数句用韵。以下从"南村"句到"归来"这五句，写群童拿走他的茅草，引起他的感叹，这一小段仍以奇数句作结。以下自"俄顷"句到"长夜"句，这八句写回家后的景象和感触。下面三句换平声韵，第三句是在奇数句用韵。结尾两句又转仄声韵。全诗以七字句为主，间用九字句。诗中的仄声韵是用的入声韵，多数是句句用韵，所以读起来更见沉郁。

    杜陵叟，杜陵居，岁种薄田一顷馀。三月无雨旱风起，麦苗不秀多黄死。九月降霜秋早寒，禾穗未熟皆青干。长吏明知不申破，急敛暴征求考课。典桑卖地纳官租，明年衣食将何如！剥我身上帛，夺我口中粟。虐人害物即豺狼，何必钩爪锯牙食人肉！不知何人奏皇帝，帝心恻隐知人弊。白麻纸上书德音，京畿尽放今年税。昨日里胥方到门，手持尺牒榜乡村。十家租税九家毕，虚受吾君蠲（juān）免恩。

这首杂言诗，是白居易作的五十首新乐府诗中的一首，题名《杜陵叟》。诗中真实地反映了当时京城附近农民在官家租税重压下所受的痛苦，同时揭露了皇家的爪牙长吏辈的狠毒手段，以及最高统治者的虚伪面貌。全诗二十二句（起首两个三字句作一句读），前十句每两句一转韵，后十二句每四句一转韵。白居易的诗以用词浅近著称，这首诗的语言也明白如话，加以诗中使用律句较多，所以读起来更顺口动听。

> 秋深橡子熟，散落榛（zhēn）芜岗。伛（yǔ）伛黄发媪，拾之践晨霜。移时始盈掬，尽日方满筐。几曝复几蒸，用作三冬粮。山前有熟稻，紫穗袭人香。细获又精舂，粒粒如玉珰。持之纳于官，私室无仓箱。如何一石余，只作五斗量？狡吏不畏刑，贪官不避赃。农时作私债，农毕归官仓。自冬及于春，橡实诳饥肠。吾闻田成子①，诈仁犹自王。吁嗟逢橡妇，不觉泪沾裳！

这首诗是唐末诗人皮日休写的十首《正乐府》诗的一首，题名《橡媪叹》。皮日休这十首诗是仿照白居易的五十首《新乐府》体式写的，内容也是揭露当时社会的黑暗，对人民所受的痛苦寄予同情。这首《橡媪叹》就是为一个农家老妇鸣不平，控诉了狡吏贪官的罪恶，读后真会"泪沾裳"而掩卷长叹！全诗二十六句，隔句用韵，用一个平声韵到底。

---

① 田成子是春秋时齐国的贵族，惯用小恩小惠骗取人民的信任，以图夺取王位。他的目的未能实现，直到他的曾孙田和才做了齐王。

上面列举了各种不同形式的古体诗十一首。前六首是唐代以前的作品，其时近体诗格律尚未形成；后五首是唐代的作品，分属盛唐、中唐和晚唐三个时期。从盛唐起，近体诗格律已到完备阶段，以后在格律上再没有新的发展。在上面列举的这些诗篇中，可以观摩我国古体诗的各种体式，在字句结构、声律安排、韵脚处理等方面，都可以使我们得到借鉴，从而举一反三，作进一步的探索研究。

可以看出，唐以前的古体诗和唐代的古体诗，不仅所表现的内容有明显的差别，在艺术处理上也有所不同。唐代诗人在总结前人经验的基础上，把所反映的生活面扩大了，写作技巧也更见纯熟，增加了作品的艺术感染力量。

古体诗在我国诗歌园地中与近体诗居于同等重要的地位。所以，我们既要研究近体诗，同时也要研究古体诗。

第九讲　词的分类

　　词兴盛于宋代，是上承唐诗，下启元曲的别具一格的诗歌形式。这种文学形式，在最初出现的时候，称为曲子词，是和音乐有密切联系的。当时先是有曲调，然后根据曲调的长短和节奏填上词句，供演唱用，所以写词叫"倚声填词"，也就是依据一定的声律填上歌词的意思，简称"填词"。到了后来，又把曲子词的曲子两字省掉，简称词。以后词逐渐和音乐分离，不再供演唱用，这才形成一种独立的文学形式。

　　词在最初配合乐曲供演唱用的时候，并不是只根据一首曲子的长短，随意填上字句就成，这中间还有许多讲究。首先要求词必须是一首完整的诗歌，而且也和近体诗一样，要受严格的格律限制，特别是对声律的要求，更为严格。即便到了后来词和音乐分离，不再为配合乐曲写作，而成为独立的文学体裁，也还是要受词牌的格律约束。所以，从这个角度来看，词又是格律诗的另一种形式。它和近体诗形式明显不同的地方，是每一首词都有一个词牌，词的句数和字数都随着词牌的不同而定，有长有短，有的词牌还分段落；而且词在押韵方面，情况也比较复杂，都不像近体诗那么单纯。

词的形式有多种多样，可以根据字数和段数的多少来加以区别。

宋代词人在编词集的时候，只把作品分为两类：长的叫"慢"，比较短小的叫"令"。词在唐代最初出现的时候，字数都不太长，称为"小令"，而"慢"是小令逐渐演变发展而成的。到了南宋时期，有个署名武陵逸史的人，编了一本词选《草堂诗馀》，这本词选到明代人顾从敬重新刊刻的时候，又把选集中的词分为小令、中调和长调三类。根据顾从敬在选集中的分类标准，归入小令中字数最多的一首是词牌名叫《踏莎行》的词，全首词五十八个字；中调最长的一首是词牌名叫《夏云峰》的词，九十一个字；至于长调，在《草堂诗馀》这本词选中所选的词，不过一百八十个字，而词中另有超过二百字的，例如词牌叫《莺啼序》的词，长二百四十个字，却没有选进去。

按照《草堂诗馀》对词的分类，我们可以归纳一下：

从字数最少的，只有十六个字的词牌《十六字令》到五十八个字以内的词，称为小令；

从五十九个字，到九十一个字的词，称为中调；

九十二个字以上的词，都称为长调。

自从《草堂诗馀》把作品这么一分类，以后谈词的人便把比较短小的词称为小令，字数适中的词称为中调，而把比较长的词称为长调。

其实这种按字数分类的方式并不完善，过去就有人指出这一点，只是还没有别人提出更好的分类标准，所以无形间这种按字数多少来划分词类的方法就得到承认了。

再看一下从一首词的段数不同来划分类别的情况。

词由于字数长短的不同，在一首词中的分段情况也有不同。小令这种形式，可分为单调和双调两种。所谓单调，就是一首词只有一段；双调是一首词分为两段。中调这种形式，一般只有双调。唯有长调，由于字数比较多，既有双调，又可以分为三叠或者四叠。所谓三叠或者四叠，就是一首词分作三段或者四段。

单调都是比较短的词。例如《十六字令》、《如梦令》、《渔歌子》、《忆王孙》这一些词牌，都只有一段，所以归在单调一类。

双调词有两种不同的情况。一种是上段和下段的字数、句式和用韵情况完全相同，也就是下段是上段的重复。例如《长相思》、《踏莎行》、《采桑子》、《临江仙》这一些词牌，就属这一类。另一种是上段和下段的字数、句式和用韵情况不完全相同或者完全不同，例如《忆秦娥》、《菩萨蛮》、《清平乐》、《水调歌头》等词牌，就属这一类。

凡是双调词，上段称上片，又称上阕（què）；下段称下片，又称下阕。阕是乐曲终了的意思。如果双调词下片的开头句式和上片开头的句式不同，叫作"换头"。

一首词分三段称为三叠，也就是重叠三次的意思，例如《兰陵王》、《西河》等词牌，就属这一类。词分四段的称四叠，意味着重叠四次，例如《莺啼序》这个词牌，就是由四段组成的。

凡是三段或者是四段组成的词，在口说的时候每段都加序数，例如一叠二叠，不称一片二片或者一阕二阕。

双调词的上片和下片之间，以及三叠词或者是四叠词的一叠和另一叠之间，习惯上都用一个字的地位隔开，便于识别。如果分行写，就采用空一行的方式。

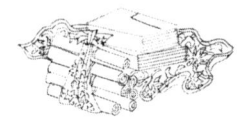

第十讲　词牌　词谱　词调

一、词牌

前面说过，词在最初是先有曲调，再根据曲调填上词句的。照今天的说法，每一首词，都是先有歌谱，然后配词。当时每一首词的歌谱，就叫词牌，牌就是谱。以后词演变为曲，曲的歌谱也叫曲牌。

词是一个词牌一个调子，所以词牌又叫词调。词牌各不相同，要用某一个词牌写词，就得按照这个词牌的句数、段数、字数、平仄安排和用韵情况等模式照样填写，不能违犯。如果不依照词牌规定的规矩办，写出来的作品就不能用这个词牌的名称。

词从唐代最初出现的时候起，就开始有词牌。词牌名称的产生，大体上有以下几种情况：

（一）有的词牌，本来是汉魏南北朝乐府诗题的名称。

例如《六州歌头》、《兰陵王》、《河传》这一些词牌，都是乐府诗原有的题名。

（二）有的词牌，本来是唐代的乐曲名称。例如《念奴娇》、《破阵子》、《苏幕遮》等，都是唐代训练乐工或者是训练舞伎使用的乐曲名称。

（三）有的词牌名称是根据词的内容而定的。例如《虞美人》这个词牌，最初是用来写虞姬的；《巫山一段云》这个词牌，是写巫山风景。

（四）有的词是取诗句中的几个字作词牌名称。例如《蝶恋花》这个词牌，是取梁元帝萧绎诗句"翻阶蛱蝶恋花情"中的三个字；《丁香结》这个词牌，是取古诗"丁香结恨新"的前三字。

（五）有的词牌名称是根据某一历史故事。例如《沁园春》这个词牌，来源于汉代沁水公主的园林；《华胥引》这个词牌，出自《列子》所记黄帝昼寝，梦游华胥之国。

（六）摘取一首词中的几个字，作这首词的词牌。例如《忆江南》这个词牌，是由于白居易在这首词中有"能不忆江南"这个句子；《望江东》这个词牌，是因为最初用这个词牌的黄庭坚的词中有"望不见江东路"这个句子。

（七）有的词牌，是由词人自己创制的。例如北宋的柳永、周邦彦，南宋的姜夔等，本身就是作曲家，也是词人，他们作的乐曲，自己填上词以后，便定出词牌名称。

（八）有的词牌，是用原有词牌增加或者减少字数改称的。例如《木兰花》这个词牌，在五代的时候是五十六个字，到了北宋时期有减为四十四个字的，称《减字木兰花》；也有减为五十个字的，称《偷声木兰花》；另有增加为一百零一个字的长调，称《木兰花慢》。

（九）有的词牌是用的人名，如《苏武慢》、《昭君怨》、《祝英台近》等。

（十）有的词牌是以地名为名的，如《轮台子》、《梁州令》、《洛阳春》等。

（十一）有的词牌是根据使用的曲调①为名的，如《徵（zhǐ）招》、《角招》等。

（十二）有的词是根据字数或者是句式来定词牌名称的。例如只有十六个字的词称《十六字令》，每句都是三个字的词称《三字令》。

词在最初时期，词人在写词之前，是要先选择词牌的，也就是说，某一类词牌，只适宜表现某一些内容，不宜混用。例如用来表现激越感情的，常用的词牌是《满江红》、《贺新郎》、《六州歌头》、《水龙吟》、《永遇乐》等；用来表现友情的词牌，前人常用《桃源忆故人》；而用于一般抒发感情的词牌最多。以后词和音乐分离，词牌和词的内容也逐渐失掉联系。当然，像《满江红》、《贺新郎》、《水龙吟》这类词牌，一直还是用于抒发悲壮情感的。而其中多数词

---

① 关于曲调，参看本讲第三节。

牌，只起到符号名称的作用，不过是用来代表某一首词的形式，与内容没有关系。但在某种场合，选择词牌还是有必要的，例如庆贺婚礼，就不能用《孤鸾》、《六丑》这类词牌；用于伤悼，《佳人醉》、《逍遥乐》这类词牌就不适当。

在唐朝和五代时期，词牌就是一首词的名称，没有另外加上题名。到了北宋年间，词人开始在词牌之外还加上题名，用来说明写词的本意。以后就形成习惯，许多词人的词，除了标明词牌以外，都另加了题名。这对读词的人了解这首词的意思大有帮助，所以这种做法，很有必要。

有的词牌，因为句式的不同或者是字数的不同而分为多种体式。属于这种情况的，其中只有一个是正调，其馀的都称为别调。还有同一个体式的词牌，却有多种名称的；也有两首词同一个别名的；更有这首词的别名，却是另一首词的正名的。凡属词牌中的这些不同的情况，过去有专门的著作进行研究。

二、词谱

在明代以前，没有专门研究词牌的著作，当时写词的人是根据曲谱填词。在词和音乐分离以后，就根据前代词人的作品的字句和声律依样画葫芦；也有的词人把前人的词牌改变句式或者是增减字数，成为另外一种体式。有的词人又创制一些新的词牌。在研究词牌的著作出现以前，究竟有多少个词牌，词有多少个体式，没有人作过统计和研究。

我国第一部研究词牌的著作，是明朝人张綖（yán）编的《诗馀图谱》。词，又叫诗馀。张綖这本著作，是把他所见到的前人用过的词牌，用黑白圈来标明字的平仄声，所以称为图谱。他收集的资料不够广泛，其中错误的地方也不少，但是他的首创精神是值得肯定的。

《诗馀图谱》由稍晚一些时候的谢天瑞作了补充，以后的徐师曾又把示意平仄声的黑白圈去掉，改为直接标上平仄声的谱。随后程明善又加以合并，编进《啸馀谱》。《啸馀谱》中错误的地方还是很多。到了清朝初年，万树编的《词律》刊行以后，就取代了《啸馀谱》的地位而受到词学界的重视。

万树编的《词律》分二十卷，共收六百六十个词牌，一千一百八十多个体式。万树根据自己所见到的过去词人的作品，分门别类，详细地加以考订，纠正了《啸馀谱》中错误的地方，在词的声律考证方面也有不少自己的见解。万树在这本著作中花了大量的劳动，给后代写词的人和研究词学的人以很大的方便。不足的是，由于万树本人不是词人，缺少写词的实践经验，因而有些论点不够确切，也有些地方显得烦琐，更有牵强穿凿的情况；对少数词调的断句也有错误。这些缺点，曾经受到前人的批评。但是这部书仍然是研究词学的比较完备的著作。

《词律》刊行以后的两百年间，经过徐本立和杜文澜两次补充，先后增加了二百一十五个词牌，连原有的词牌一起共有八百七十五个。

就在万树刊行《词律》以后不久的清代康熙年间，清政府又下令王奕清、余正健、陈廷敬等人编成《词谱》四十卷。《词谱》是以万树的《词律》为基础增订的，比《词律》多收词牌一百六十六个，共有八百二十六个。所收词牌的体式，也比《词律》多出一千一百多个，一共有两千三百零六体。内容的考订工作也比较精审，可以说是研究词谱的著作中最完备的一种。但是《词谱》是三百年前编定的，这部书刊行以后又陆续发现一些新的词牌；近些年从敦煌发现的曲子词中，有的词牌也是这部词谱所漏收的。徐本立和杜文澜给《词律》补充的词牌，也有一些是《词谱》没有收进去的。所以，这部词谱还不能包括现存的全部词牌。

《词谱》所收集的八百二十六个词牌中，属于常见的只是少数，其中绝大部分流传并不太广。以辛弃疾一生所作的六百多首词来看，所用的词牌，也只有九十三个。清代人舒梦兰编著的《白香词谱》，只收一百个词牌，就是从实际应用上考虑的。

三、词调

我们知道，词在最初是配合乐曲演唱的，而词牌就是曲调。但是这种曲调，都分属于某一种宫调，决定宫调之后，才能演奏曲谱。

中国古代谈音乐，分宫、商、角、徵（zhǐ）、羽五音，又加变宫、变徵两个音，一共有七个音。前面五个音，相当于音乐简谱的1、2、3、5、6，变宫相当于简谱的7，变徵相当于简谱的4。另外还有十二律，就是黄钟、大吕、太簇、夹钟、姑洗、仲吕、蕤宾、林钟、夷则、南吕、无射、应钟。十二律等于钢琴或风琴键盘的七个音阶和五个升降音阶：C、${}^{\flat}$D、D、${}^{\flat}$E、E、F、${}^{\flat}$G、G、${}^{\flat}$A、A、${}^{\flat}$B、B，共十二个音调。这七音和十二律构成宫调，是用来定音阶高下的，有如今天的歌曲，须在曲子前面标明C调、F调、${}^{\flat}$G调等调号一样。十二律各有七音。以宫音乘十二律叫作宫，有十二宫；以商、角、徵、羽、变宫、变徵六音乘十二律叫作调，有七十二调。十二宫连同七十二调，合成八十四个宫调。但是这八十四个宫调并不是全部使用，因为过去是用琵琶来定律的，而琵琶只有宫、商、角、羽四弦，没有徵弦。每弦有七调，四弦共二十八调，所以从唐代到北宋都只用二十八调。二十八调的名称如下表：

调别	原名	俗名	附记
宫七调	黄钟宫 大吕宫 夹钟宫 中吕宫 林钟宫 夷则宫 无射宫	正黄钟宫 高　宫 中吕宫 道　宫 南吕宫 仙吕宫 黄钟宫	南宋时改 称正宫

调别	原名	俗名	附记
商七调	无射商	越　调	
	黄钟商	大石调	
	大吕商	高大石调	
	夹钟商	双　调	
	中吕商	小石调	
	林钟商	歇指调	
	夷则商	商　调	
角七调	无射闰	越　角	闰即变宫
	黄钟闰	大石角	
	大吕闰	高大石角	
	夹钟闰	双　角	
	中吕闰	小石角	
	林钟闰	歇指角	
	夷则闰	商　角	
羽七调	夹钟羽	中吕调	
	中吕羽	正平调	
	林钟羽	高平调	
	夷则羽	仙吕调	
	无射羽	羽　调	
	黄钟羽	般涉调	
	大吕羽	高般涉调	

这二十八个宫调，到南宋时，除保留原有七宫而外，其馀二十一调，只保留了十二调，原有的商七调淘汰了高大石

调，羽七调淘汰了高般涉调，而角七调全部不用。

一个词牌一般只属于一个宫调，但是有的词牌又可以用几个宫调演奏。一个词牌，是用平声韵或仄声韵，或者上下阕各用哪一种韵，都和所用的宫调有直接的关系。

有的词人的作品中，在词牌下面，都注明所用的宫调。例如《齐天乐》这个词牌，在姜夔的词集中注明"黄钟宫"；《忆旧游》这个词牌，在周邦彦的词集中注明"越调"。这"黄钟宫"和"越调"就都是作者在这首词所用的宫调。

每一个宫调都有各自的声情特点，只适合在某种场合演奏，所以某一个词牌，用哪一个宫调，在过去都有具体规定。自从词和音乐分离以后，宫调和词之间，也就不再有关系，宫调于词就失去存在的价值。

第十一讲　词韵

前面第三讲里介绍诗韵的时候谈到，一首格律诗，照过去的规矩，只能用一个韵目中的字做韵脚，即便是邻韵，也只能用在一首诗的第一句。用韵的要求是非常严格的。

词虽然是格律诗的另一种形式，但是在用韵方面却没有格律诗那么严格，不但全首词的韵脚可以通用邻韵，而且又扩大了使用邻韵的范围，把有的不属于本韵目邻韵的其他韵目，也作为通用韵来使用。所以，词的用韵情况和近体诗比较，词韵宽而诗韵严。

词的用韵要求不那么严格，从词这种文学形式正式出现的唐代就是这样。当时的词是用来配合乐曲供演唱用的；而格律诗，除了用于一般场合，也用于考试，所以要求严格。

词的用韵大体是参照古体诗那样使用宽韵。由于词在唐代就使用宽韵，以后五代的词人在用韵上也仿效唐朝人的方式，由此一直影响到后代的词人。而且从宋代开始，词韵使用的宽广范围，还扩大到仄声韵中的上声韵和去声韵可以通押，这就给词人在用韵上带来更大的方便。

词在用韵上的改变是历史发展的必然趋势。经过这一改变，作者就从用韵方面所受的束缚中解放出来，由过去在一个韵目中选字，扩大到相邻的韵目中选字，避免了限于一个韵目用韵所难免造成的用韵贫乏的情况，这就会因为有充分的选韵馀地而提高作品的艺术效果。所以，词韵从单一韵目扩大到通用邻韵，以至仄声韵上声和去声通押，是用韵上的一次重大革新。这一革新，直接关系到词人的创作。以后许多优美的词作的产生，和词韵的革新是分不开的。

研究词韵的著作，流传到现在的有传说是陈铎编的《菉斐轩词林正韵》。陈铎是公元十五世纪明宪宗时人。其时已有元人周德清编的曲韵《中原音韵》流行，这本曲韵分十九个韵部，以上去入三声分属平声韵目。而《菉斐轩词林正韵》与《中原音韵》相同，也分十九个韵部，并以上去入三声分属平声韵目。所以，这部《菉斐轩词林正韵》，只能算是平仄声通押的曲韵，不能代替平仄声分押的词韵。不过这部词韵把韵分为十九个韵目，对以后编词韵的人起了先导作用。

清朝初年，沈谦研究了宋词中用韵的情况，编成《词韵略》。这部词韵书也分为十九部，其中属于平、上、去声的十四部，属于入声的五部。每个韵部以本韵部中的两个字领韵。这部词韵在当时刊行以后，就受到词人的重视，把它作为填词用韵的根据。以后又有胡文焕编的《文会堂词韵》、吴烺（lǎng）、程名世等人编的《学宋斋词韵》、郑春波编的《绿漪（yī）亭词韵》等，都没有起到多大的影响。到了清代道光年间，戈载以沈谦编的《词韵略》为基础，编成《词林正韵》，也是属于平、上、去三声的十四部，属于入声的五部，共为十九个韵部。这部韵书刊行以后，一百多年来一直在词学界通行，影响很大。

沈谦编的《词韵略》和戈载编的《词林正韵》，都是把宋代编定的《集韵》中的韵目加以归并而成，两种词韵归并的《集韵》韵目基本上相同。属于平、上、去三声的十四个韵部，如果每个声调分开计算，就是四十二部，加上五个入声韵部，共有四十七部；比过去的平水韵减少五十九个韵目，其中平声韵减少十六个，上声韵减少十五个，去声韵减少十六个，入声韵减少十二个。在各个声调的韵目中，都把平水韵中属于邻韵的韵目，归并到一个韵目，大大改变了平水韵划分韵目太细的状况。

沈谦编的《词韵略》原来用的是《集韵》韵目；经过稍晚一些的毛先舒用平水韵目加以归并，还保留了少数《集韵》中的韵目。而戈载的《词林正韵》，仍然用的是《集韵》韵目。由于《集韵》的韵目划分太细，一般人对它已不熟悉了，这里把《词韵略》和《词林正韵》的十九个韵目，依据毛先舒用平水韵目归并以后的韵部列举如下，并保留沈谦原定的领韵字。

（甲）平上去声韵十四部

第一部　东董韵　平声韵上平声一东、二冬通用；仄声韵上声一董、二肿和去声一送、二宋通用。

第二部　江讲韵　平声韵上平声三江、下平声七阳通用；仄声韵上声三讲、二十三养和去声三绛、二十三漾通用。

第三部　支纸韵　平声韵上平声四支、五微、八齐和十灰的半数通用；仄声韵上声四纸、五尾、八荠、十贿的半数，和去声四寘、五未、八霁、九泰的半数、十一队的半数通用。

所谓半数，是指这个韵目中只有半数的字能够在这一韵部通用。

第四部　鱼语韵　平声韵上平声六鱼、七虞通用；仄声韵上声六语、七麌和去声六御、七遇通用。

第五部　街蟹韵　平声韵九佳半数、十灰半数通用；仄声韵上声九蟹、十贿半数，和去声九泰半数、十卦半数、十一队半数通用。

第六部　真轸韵　平声韵上平声十一真、十二文、十三元半数通用；仄声韵上声十一轸、十二吻、十三阮半数，和去声十二震、十三问、十四愿半数通用。

第七部　元阮韵　平声韵上平声十三元半数、十四寒、十五删和下平声一先通用；仄声韵上声十三阮半数、十四旱、十五潸、十六铣，和去声十四愿半数、十五翰、十六谏、十七霰通用。

第八部　萧筱韵　平声韵下平声二萧、三肴、四豪通用；仄声韵上声十七筱、十八巧、十九皓，和去声十八啸、十九效、二十号通用。

第九部　歌哿韵　平声韵下平声五歌独用；仄声韵上声二十哿和去声二十一箇通用。

第十部　佳马韵　平声韵上平声九佳半数和下平声六麻通用；仄声韵上声九蟹半数、二十一马，和去声十卦半数、二十二祃通用。

第十一部　庚梗韵　平声韵下平声八庚、九青、十蒸通用；仄声韵上声二十三梗、二十四迥，和去声二十四敬、二十五径通用。

第十二部　尤有韵　平声韵下平声十一尤独用；仄声韵上声二十五有和去声二十六宥通用。

第十三部　侵寝韵　平声韵下平声十二侵独用；仄声韵上声二十六寝和去声二十七沁通用。

第十四部　覃感韵　平声韵下平声十三覃、十四盐、十五咸通用；仄声韵上声二十七感、二十八俭、二十九豏，和去声二十八勘、二十九艳、三十陷通用。

（乙）入声韵五部

第十五部　屋沃韵　入声韵一屋、二沃通用。

第十六部　觉药韵　入声韵三觉、十药通用。

第十七部　质陌韵　入声韵四质、十一陌、十二锡、十三职、十四缉通用。

第十八部　物月韵　入声韵五物、六月、七曷、八黠、九屑、十六叶通用。

第十九部　合洽韵　入声韵十五合、十七洽通用。

上面介绍的词韵十九个韵目，是沈谦和戈载根据宋代多数词人在作品中实际用韵的情况编定的，但是还没有包括所有宋词的用韵情况，例如词韵第六部中的字，在宋词中就有和第十三部中的字通押的；第六部、第十三部中的字，又有和第十一部中的字通押的。可见宋人写词的时候，可以在比较大的用韵范围内选择适用的字来押韵。

在宋人的词中，常有用入声字和上声字代替平声字使用的，但是这种代用字只限定用在句子中间，不能用在句末押韵。

词韵和平水韵比较虽然大大简化，但是由于词韵是根据平水韵读音，如果和现代的新韵比较，还是不能适应今天的要求。现代的新韵是按照现在的实际语音编制的，今天创作新体词、新戏曲，自然应以新韵为标准。

第十二讲　词的基本格律

　　每一个词牌的字数和句数都有一定的限制，而且字句的平仄安排和押韵都要受严格的格律约束，所以从广义来说，词是格律诗的另一种形式。既然词是格律诗的另一种形式，那么适用于格律诗的格律，当然适用于词。如果懂得了诗的格律，对掌握词的格律就会方便得多。

　　近体诗的格律内容，我们在前面作过介绍，主要是押韵、平仄安排和对仗三个部分。押韵和平仄安排普遍适用于词；而对仗在词中并不是一定要使用的，只是在某一些词牌中的前后两句字数相等的句子，过去的词人常使用对仗，于是后来的作者也在这种句子用对仗，久而久之，就成为一种规矩。下面我们分别介绍。

一、押韵

前面说过，韵是构成一首诗词的基本因素。词之所以要押韵，也和诗一样，是为了声律的和谐，增加音乐美感。词的押韵方式和格律诗的押韵方式相比较，要复杂得多。格律诗，除了第一句以外，只在双数句子押韵，而且一首诗只用一个平声韵。至于词，只有一部分词牌限用一个韵，并且是隔句在双数句上用韵，而多数词牌是由长短句组成，往往定句转韵，用韵的句子既可以在双数句，又可以在单数句；既可以隔句用韵，也可以每句用韵和隔几句用韵；而且既可以用平声韵，也可以用仄声韵，平韵和仄韵在一首词中还可以并用。总之各式各样，变化很多。

由于各个词牌的句数和句式各不相同，所以押韵的方式也各不相同，不论从全首词用韵的情况来看，或者是从词句间用韵的情况来看，还是从一首词中转韵的情况来看，都有不同的形式。

从全首词来看，不同的用韵主要有以下一些形式：

（一）全首词只用一个韵的。这种格式又分为用平声韵的和用仄声韵的。用平声韵的，例如小令的《忆江南》，中调的《鹧鸪天》，长调的《水调歌头》等词牌；用仄声韵的，例如小令的《卜算子》，中调的《青玉案》，长调的《满江红》等词牌。

（二）一首词上下片分别用一个平声韵、一个仄声韵的，例如《清平乐》、《河渎神》这一类词牌。

（三）一首词在上下片里，都从仄声韵转平声韵的，例如《昭君怨》、《河传》这一类词牌。

（四）一首词中平仄韵交错使用的，例如词牌《相见欢》、《定风波》就是这样。

（五）一首词中平仄韵通押的，例如《西江月》、《醉翁操》这一类词牌。

再从词句来看，也有一些不同的用韵形式：

（一）词中每句都用韵，而且是用同一个韵的。其中用平声韵的有《鬲（gé）溪梅令》等词牌，用仄声韵的有《渔家傲》等词牌。

（二）词中每句都用韵，而在上下片中都是平仄声转韵的，例如《菩萨蛮》、《虞美人》等词牌就是。

（三）词中每句都用韵，而且是平仄韵交错使用的，例如《小梅花》这个词牌就是这样。

（四）一首词每三句用一次韵的，例如《永遇乐》这个词牌就是这样。

（五）词中还有用同一个字做韵脚，或者同一韵脚字占全词用韵句子半数的。这种形式叫作"福唐独木桥"体，过去只有少数人用过这种形式。

（六）词中也有仿照楚辞形式，在句子中间或者是句子末尾用"些"、"兮"这类语助词的，但是并不多见。

（七）词中还有在句子中间用韵的，叫作句中韵。但是这种用韵方式属于文字游戏，和词的声律关系不大。

词的转韵也有不同的情况。属于转两次韵的，有《调笑令》、《清平乐》等词牌；转四次韵的，有《菩萨蛮》、《虞美人》等词牌。宋朝人还有在一首词中转八次韵的，例如贺铸的《小梅花》词，就换了八次韵。

词的用韵地位疏密也没有一定，密的每句或者是隔句用韵，疏的隔三句四句甚至隔五六句用韵。

从以上介绍的情况，我们可以知道，词的押韵，是根据词牌的不同情况来决定的，没有一定的规律可以依据。所以，要熟悉某一个词牌的押韵情况，就得先熟悉这个词牌。

二、平仄安排

词也和近体诗一样，句子中的节拍所在字，要求平声字和仄声字交错使用，某些词牌句子间的节拍用字要求平仄对立和平仄相粘。

先说词句中要求平仄交错。

词句的形式和格律诗不同。格律诗只有五言和七言两种句式，可是词句的字数就不是固定的。从一字句起，一直到十字句，句式长短不一。尽管句式比格律诗多样，但是格律诗句的节拍划分规则，除了词中的一些句子在某种特定的情况下可以改变以外，一般都适用于词的句子，那就是以句子中的双数字和末尾一个字作为节拍。和格律诗一样，节拍所在字要平声和仄声交错使用。凡是符合这个规则的称为律句，违反这个规则的称为拗句。其中的一字句到三字句是短句，不适用平仄交错规则。

下面再讨论词句之间的平仄相对和平仄相粘。

我们知道，格律诗的句数是固定的，其中节拍所在的字的平仄应该"对"或者应该"粘"的两句，也是固定的，只要懂得粘对的规则，就能够在每一首诗中运用。可是词的句数不是固定的，句子有长有短，押韵的情况也多种多样，格律诗适用的在两句间平仄相对或相粘的规则，在词中只能根据各个词牌的实际情况适当运用，所以每一个词牌句子间的粘对情况也各有不同。

词中有的词牌是完全符合格律诗的粘对规则的，例如《西江月》这个词牌，是上片下片各为四句的双调，其中的上片和下片句子中节拍所在字，第一第二两句都是平仄相对，第二第三两句都是平仄相粘，而第三、四两句又都是平仄相对。又例如《浣溪沙》这个词牌，上片下片各是三句，节拍所在的字都是第一、二两句平仄相对，第二、三两句平仄相粘。

但是多数词牌句子间的平仄粘对情况，却是不合格律诗的规则的。例如《忆秦娥》这个词牌，上片下片的句子全部相粘。《卜算子》这个词牌也是这样。又例如《采桑子》这个词牌，上片下片各为四句，都是只有第一第二句的节拍用字平仄对立，而第三、四句却是平仄相粘。又例如《蝶恋花》这个词牌，上下片各为四句，前三句的节拍用字都是平仄相粘，只有第三第四两句是平仄对立。

从以上的例子可以知道，每个词牌句子节拍用字之间的平仄对立或者平仄相粘，各不相同。某一个词牌的平仄安排，除了一句中节拍所在字在一般情况下必须做到平仄交错以外，至于句子间平仄的对立和相粘，只能根据前人的作品或者是检查词谱，此外并没有共同的规律可以作为依据。

词句之间节拍所在的字平仄对立，或者是相粘，必须在词句完全合乎格律的前提下进行，如果两句之中有一句是拗句，就谈不上平仄对立或者是相粘。又因为词句的字数多少不一致，两句之间平仄对立或者是相粘，都不可能像格律诗那样句式整齐。词句间的平仄对立，只是前一句是平起式，后一句就是仄起式；如果前一句是仄起式，那么后一句就是平起式。至于两句之间平仄相粘，只是要求相邻的两句同是平起式或者同是仄起式。两句间平仄对立或者平仄相粘，都不决定于两句间的句式整齐。

下面以两首词作为例子，从中可以看出词句间的节拍用字平仄对立和相粘的一般情况。前一首是符合近体诗粘对规则的，后一首是不符合粘对规则的。

平仄对立 { 满载一船明月，
｜｜｜－－｜

平仄相粘 { 平铺千里秋江。
－－－｜－⊙

平仄对立 { 波神留我看斜阳，
－－－｜｜－⊙

唤起粼粼细浪。
｜｜－－｜△

平仄对立 ｛
明日风回更好，
－｜－－｜｜

今朝露宿何妨。
－－｜｜－⊙

平仄相粘 ｛

水晶宫里奏《霓裳》，
｜－－｜｜　－⊙

平仄对立 ｛

准拟岳阳楼上。
｜｜｜－－△

（〔宋〕张孝祥《西江月·黄陵庙》）

这首词上片下片各为四句，由长短不齐的句子组成，每句都是节拍所在字平仄交错的律句。上片下片的第一、二两句都是六字句，前句是仄起式，后句是平起式，是平仄对立的句型。上片下片的第三句都是七字句，节拍上的平仄安排和第二句相粘。上片下片的第四句都是六字句，节拍上的平仄安排和第三句对立。上片的"江"、"阳"、"浪"字和下片的"妨"、"裳"、"上"字是韵脚，属词韵第二部。其中"江"、"阳"、"妨"、"裳"是平声字，"浪"、"上"是仄声字，平仄韵通押。

平仄相粘 ｛
郁孤台下清江水，
｜－－｜｜－△

中间多少行人泪。
－－－｜－－△

平仄对立 ｛

西北望长安，
－｜｜－⊙

平仄对立 ｛

可怜无数山！
｜－－｜⊙

$$
\begin{array}{ll}
平仄对立 & \left\{\begin{array}{l}
青山遮不住, \\
— — — | \triangle \\
毕竟东流去。\\
| | | — \triangle
\end{array}\right. \\[4pt]
平仄相粘 & \\[4pt]
平仄对立 & \left\{\begin{array}{l}
江晚正愁余, \\
— | | | \odot \\
山深闻鹧鸪。\\
— — — | \odot
\end{array}\right.
\end{array}
$$

（〔宋〕辛弃疾《菩萨蛮·书江西造口壁》）

这首词上片下片各是四句，都是律句。上片第一第二都是七字句，平仄相粘。第三第四都是五字句，平仄对立。第二第三两句平仄对立。上片四句不合近体诗句子间平仄粘对的规则。下片是四个五字句，符合近体诗句子间平仄粘对的规则。全词上片每两句用一个韵：第一第二两句属词韵第三部，第三第四两句属词韵第七部；下片四句用一个韵，属词韵第四部。

在给词句安排平仄声字的过程中，还有两点需要注意：一点是在句子中要避免孤平，另一点是避免三字句和三字尾同是三个平声字，或者同是三个仄声字。

词句要避免孤平，也和近体诗句一样，是从音乐效果考虑的。但是近体诗句只有五个字一句和七个字一句两种形式，而词句从一个字到十个字，句式多样，所以在词句中避免孤平，要根据词句的字数多少来决定。

词句中从两个字一句到四个字一句都是短句，一般不要求避免孤平，因为诗的格律只限于五言和七言句子，少于五言的不能作律句要求。一般来说，五言到七言的句子，平声字在句子中不能少于两个。至于八个字以上的句子，由于字数增多，平声字也应该相应地增加。

近体诗句中使用的"孤平拗救"的方式，也适用于词句。

词中独立的由三个字组成的句子，一般不能全用平声字或者全用仄声字，以免造成声律单调而失去和谐感。至于上三下四的七字句、上三下五的八字句或者是上三下六的九字句，和上三下七的十字句，前面三个字往往是领句字[①]，可以不受这个限制。在前人的作品中，用三个字作领句用的时候，常常有全用仄声字的。

词句的末尾三个字，也需要避免都用平声字或者都用仄声字，这和近体诗的三字尾需要避免同是平声字或者同是仄声字，是一个道理。

三、对仗

在有些词牌中，常常有上句下句字数相同的情况，作者多在这种句式使用对仗，形成对偶句子，从而加强艺术效果。时间长了以后，这一个词牌的某些句子，大体上就成了固定用对仗的句式。例如《西江月》这个词牌上下片的起首两句，《鹧鸪天》这个词牌的第三、四两句和换头两个三字

---

① 关于领句字，见本讲第四节。

句,《沁园春》这个词牌上片的第四第五两句和第六第七两句、下片的第三第四两句和第五第六两句,等等。

但是词中用对仗的句子,并不是固定的,某一个词牌的某些句子,虽然多数词中是用了对仗,其中也有不用对仗的。例如《西江月》这个词牌上下片的起首两句,一般来说是固定用对仗的,可是张孝祥在用来题溧阳三塔寺的《西江月》词中,上片起首两句是"问讯湖边春色,重来又是三年";下片起首两句是"世路如今已惯,此心到处悠然",都不是对偶句子。又例如《鹧鸪天》这个词牌上片的第三、四两句,一般都是用对仗的,可是北宋词人贺铸用这个词牌写词来悼念他妻子的时候,这两句是这样写的:"梧桐半死清霜后,头白鸳鸯失伴飞。"词人在这里并没有用对仗句式。我们明白了这个道理以后,当读到某些词牌的某些句子有的是用对仗句式,有的不用对仗的时候,就不至于认为用对仗的合律,而不用对仗的失律。

词句的对仗,不限于五字句和七字句使用,从三字句到多字句,凡是上下句字数相同的,都可以使用对仗。即便某些词牌的某些句子,前人的作品并没有用过对仗句式的,也允许使用对仗句式。

词句中用的对仗,也和格律诗的对仗一样,既有工对,又有宽对。但是词中用对仗的规则没有格律诗对仗那么严格。格律诗的对仗,必须是仄脚句子在前,平脚句子在后;而词中的对仗,可以平脚句子在前,仄脚句子在后。格律诗的对仗，上下句节拍上用字，必须平仄对立，而在词中只要词义能对或者词组结构相同，平仄相粘的两句或者同是平脚句，或者同是仄脚句，都可以作对仗用；而且相对位置的字，上下句可以用相同的字。下面分别举一些例子。

属于正常的仄脚句在前、平脚句在后的对仗，例如北宋晏几道的《更漏子》词中的三字句"红日淡，绿烟轻"；北宋僧仲殊的《南柯子》词中的五字句"白露收残月，清风散晓霞"；辛弃疾的《鹧鸪天》词中的七字句"平冈细草鸣黄犊，斜日寒林点暮鸦"。等等。

属于平脚句子在前、仄脚句子在后的，例如柳永的《倾杯》词中的四字句"鹜落霜洲，雁横烟渚"；北宋李之仪的《谢池春》词中的五字句"花径款馀红，凤沼萦新皱"；北宋宋祁的《玉楼春》词中的七言句"绿杨烟外晓寒轻，红杏枝头春意闹"。等等。

属于构成对仗的两句节拍用字平仄相粘的，例如陆游的《诉衷情》词中的四言平脚句子"心在天山，身老沧洲"；秦观的《鹊桥仙》词中的四言仄脚句子"纤云弄巧，飞星传恨"；北宋张升的《离亭燕》词中的六言仄脚句"云际客帆高挂，烟外酒旗低亚"。等等。这几个例子中，陆游的两句同属平脚句，秦观的两句和张升的两句都同属仄脚句。由于这些对偶句的词组结构相同，而且词性相对工整，虽然同是平脚句或者同是仄脚句，在词中都作为对仗使用。

属于对仗的上下句中同一位置的字是相同的，例如苏轼的《水调歌头》词中的"人有悲欢离合，月有阴晴圆缺"两句，上下句的第二个字都是"有"字。

格律诗对仗中的扇对形式，在词中也是适用的。在前面第四讲中介绍过：扇对由四句组成，四句中的第一句对第三句，第二句对第四句，也就是隔句相对。这种对仗形式，只在有接连四句字数相同，而且四句中双数句末的一个字是平仄对立的一些词牌中才会使用。这种扇对，常常是用一字豆①形式出现。例如周邦彦的《风流子》词中上片的这几句：

　　　望一川暝霭，雁声哀怨；半规凉月，人影参差。

这几句中，第一句的"望"字是一字豆；第一句"一川暝霭"和第三句"半规凉月"相对，第二句"雁声哀怨"和第四句"人影参差"相对。再看同一首词下片中的以下几句：

　　　想寄恨书中，银钩空满；断肠声里，玉箸还垂。

第一句第一字"想"是一字豆；第一句"寄恨书中"和第三句"断肠声里"相对，第二句"银钩空满"和第四句"玉箸还垂"相对。

又如辛弃疾的《沁园春》词上下片中的以下几句：

_____

① 关于一字豆，见本讲第四节"领句字"。

正惊湍直下，跳珠倒溅；

　小桥横截，缺月初弓。（上片）

似谢家子弟，衣冠磊落；

　相如庭户，车骑（jì）从容。（下片）

这几句除了上下片第一句的第一个字是一字豆，其馀上下片的四句，都是第一句和第三句相对，第二句和第四句相对。

四、领句字

虽然句子中节拍所在的字实行平仄交错，是诗词格律中的基本内容；可是在某些词句中有领句字，平仄安排的情况也随着领句字发生变化，所以还要懂得领句字的道理，才能正确理解在有领句字的词句中的平仄安排。

词中的领句字，就是在一些特殊结构的句子中，用第一个字领后面的几个字，或者兼领下面一句到三四句。这个领句字，一般称为"一字豆"。它是什么意思呢？照前人的解释，整句为句，半句为读（dòu）。过去把豆类的豆字借用为句读的读字。所谓一字豆，意思是读这个字的时候，须要稍作停顿，用来带动下文。凡是有一字豆，也就是领句字的句子，就要把这个字除开，然后把以下的双数字作为节拍所在的字安排平仄。一字豆可以领四字句到七字句；除了领本句，还可以领本句以外一句到三句。下面分别举例说明。

一字豆领四字的，例如北宋秦观的《望海潮》词中的以下两句："有华灯碍月^①，飞盖妨花。"前一句的第一个字"有"是一字豆，领以下两个四字句。计算节拍时，须要把一字豆除开。这一句的节拍在第三、第五两字。

一字豆领五字的，例如北宋晁补之的《黄莺儿》词的以下两句："观数点茗浮花，一缕香萦烛。"第一句的第一个字"观"是一字豆。上句的节拍所在是第三、第五两个字，下句的节拍所在是第二第四两个字。

一字豆也有领七个字的，例如南宋张炎的《甘州》词的起句"记玉关踏雪事清游"，就用"记"字领以下的七个字。除开这个一字豆，剩下七字就成为七言律句。如果不把这个字除开，句中的平仄安排就会出现混乱。

一字豆有领三句的，例如柳永的《八声甘州》词中的"渐霜风凄紧，关河冷落，残照当楼"，就用起句的"渐"字为一字豆，领后面三句。

一字豆还有领四句的。例如南宋刘克庄的《沁园春》词中上片的"唤厨人斫就，东溟鲸脍；圉（yǔ）人呈罢，西极龙媒"，下片的"叹年光过尽，功名未立；书生老去，机会方来"。上片用"唤"字、下片用"叹"字，各领后面四句。

领句字在词中是常见的。只有懂得一字豆在句子中安排平仄交错的时候要除开，才不会误解有一字豆的句子是

---

① 字下面的"·"号，代表此字是一字豆。下同。

拗句。

用于一字豆的字，宋代的词人多数用上声字或者是去声字；也有用平声字来领句的，但比较少见。

词句中还有用两个字或者三个字来领句的。用两个字来领句的，例如秦观的《八六子》词中的这么两句："那堪片片飞花弄晚，濛濛残月笼晴。"前一句的"那堪"二字，就是领句字，用来领"片片飞花弄晚，濛濛残月笼晴"这两个六字对偶句。这两个领句字，不作为一个节拍，所以不要求和下面的三个节拍平仄交错。

词句用三个字来领句的，例如周邦彦咏春雨的《大酺（pú）》词中的这么两句，"怎奈向兰成憔悴，乐广清羸（léi）"，就是用"怎奈向"三个字来领下面两个四字的对偶句。

上面这种两个字和三个字的领句字，同样属"半句为读"性质，所以也是"豆"。在全句安排节拍平仄用字的时候，都要除开。

领句字句式只存在于一部分词牌，并不是每个词牌都有领句字句式。凡是词牌中应该用领句字也就是一字豆的句子，通常都不会改变为一般句式；而词牌中的一般句式，通常也不会改变为一字豆句式。但是也有例外。例如《八声甘州》这个词牌的起首两句共有十三个字，柳永写的是"对潇潇暮雨洒江天，一番洗清秋"，用的是上八下五句式，第一句的"对"字是一字豆；而苏轼写给他的朋友参寥子的《八声甘州》，虽然在这两句也是用上八下五句式，但是第一句用的是三字豆："有情风万里卷潮来，无情送潮归。"再看《风入松》这个词牌上片的第二句，一般都用普通律句，如宋人俞国宝作的《风入松》词的这一句是"日日醉湖边"、吴文英作的《风入松》的这一句是"愁草瘗（yì）花铭"，都是上二下三的一般律句。但是宋人侯寘作的《风入松》的这一句，却用的一字豆句式"曾格外疏狂"。可见领句字的使用，也是有灵活性的。

第十三讲　词的句式

词主要是由长短句组成的，从一字句到十字句，句式各有不同。除了一般的句式以外，还有一些比较特殊的句式。这里分别介绍。

一、一般句式

词中的一般句式，是指常见的合乎格律的句式。按照不同字数，有以下一些词句形式。

一字句　词中的一字句比较少见，只有《十六字令》这个词牌的起句是一个字。《十六字令》又叫《苍梧谣》。例如宋代词人蔡伸的《苍梧谣》："天！休使圆蟾照客眠。"其中第一个字"天"单独成句。

二字句　词中的二字句比较常见，其中用"平平"和"平仄"这两种句式比较多。例如《南乡子》、《凤箫吟》、《玉蝴蝶》这一些词牌中的二字句，一般多用"平平"句式。《定风波》、《兰陵王》、《甘草子》这一些词牌中的二字句，多数词人用"平仄"句式，但是也有的词人把"平仄"句式改用"仄仄"句式的。例如周邦彦的《兰陵王》词第三叠的起句"凄恻"，是平仄句式；而辛弃疾在同一个词牌的同一个位置，用的是"遇合"二字，却是仄声。

二字句还有重叠使用的，例如秦观的《如梦令》词中的"消瘦、消瘦"，李清照的《如梦令》词中的"知否、知否"，都是二字句重叠，并且都作为押韵的句子。

三字句 三字句在词中是常用的句式，不论是起首句、结尾句或者是词的中间，使用三字句都比较常见。我们在上一讲里说过，除了作为领句字的三字句，可以用三个仄声字以外，作为独立的三字句，中间必须既有平声字又有仄声字，以求得声律和谐。至于三字句实际的平仄安排，就得根据具体词牌的格律来处理。不过，这里谈到的有关三字句的平仄安排的一些规则，只是就一般情况而说的，其中也有例外。比如独立的三字句，一般情况是不能三个字都用仄声的；可是苏轼在《贺新郎》词上下片结尾的三字句，上片的"又却是"和下片的"共粉泪，两簌簌"，都用的三个仄声字。

词中的三字句，在一般情况下，除了第一个字可以随意安排平仄以外，句子中的第二第三两个字，安排平仄也有灵活性。例如苏轼的《水调歌头》词下片开头的三个三字句：

"众禽里，真彩凤，独不鸣。"第一句的末一个字"里"是仄声，第三句第二个字"不"也是仄声；再看辛弃疾的《水调歌头》同一位置的三个三字句："五车书，千石饮，百篇才。"第一句末一个字"书"是平声，第三句第二字"篇"也是平声，和苏轼的平仄用字正好相反。从这些例子可以知道，三字句的平仄安排是有灵活性的。

四字句 四字句常见的是上二下二句式，平仄安排是"平平仄仄"或者是"仄仄平平"，节拍在双数字上。其中第一个字的平仄可以灵活使用；例如"平平仄仄"句式如果把第一个字改用仄声，成为"仄平仄仄"句式，由于句子中的双数字做到了平仄交错，仍然是律句。这种句式，前人是常用的，试看北宋王观的《庆清朝慢》词中的"望中秀色"句，辛弃疾的《永遇乐》词中的"尚能饭否"句等等，都是"仄平仄仄"句式。但是这种句子中只有一个平声字，为了使声律更见和谐，前人常把这种句式的第三字改用平声，使它成为"仄平平仄"句式。这种"仄平平仄"句式，在过去研究词律的书中，认为是特种律句。但这种句型的双数字做到了平仄交错，本来是律句；而且句中的第一第三两个字本是可平可仄；这种四字句也不存在犯孤平问题需要拗救。所以这种句型也是一般的句型，并不是什么特种律句。

四字句在前人的作品中，还有比较特殊的上一下三句式，和上一、中二、下一句式。属于上一下三句式的，例如南宋词人刘克庄因为梦见友人方孚若而写的《沁园春》词中的"登宝钗楼，访铜雀台"两句。属于上一、中二、下一句式的，例如南宋词人吴文英的《八声甘州》下片的末了两句："上琴台去，秋与云平。"前一句就是这种句式。又如南宋词人张炎的《甘州》下片结句："有斜阳处，却怕登楼。"前一句也是这种句型。

五字句　词中的五字句，多数是和五言近体诗句一样的律句。除此以外，便是上一下四的一字豆句式。

六字句　六字句一般由三个词组构成，每个词组两个字，节拍在双数字上。例如北宋王安国的《清平乐》词下片末了两句："不肯画堂朱户，春风自在梨花。"前一句是仄脚，后一句是平脚，两句都是三个词组构成的。六字句也有上三下三句式的。例如北宋舒亶的《一落索》词上下片的结尾句"情不解春花意"，"花不似人憔悴"，都是上三下三句式。这种上三下三句式的平仄安排，既可作律句处理，也可作两个三字句处理。六字句还有上四下二句式，例如辛弃疾在夜行黄沙道中作的《西江月》词中的"七八个星天外，两三点雨山前"这两句，就是这种句式。这种句式的节拍按照一般律句处理。

过去研究词的格律书中，还认为六字句中的"仄仄仄平平仄"句式是特种律句，其中第五个字必须用平声。这种说法，和前面第五讲介绍诗句孤平拗救的一些论点是一致的。这种句式中的第五个字，为什么必须用平声呢？因为如果这个字不用平声，句中就没有两个平声字连接，也就出现了两个仄声字夹一个平声字的情况；另一方面，这句如果第五个字不是平声字，那么全句只有第四个字是平声，就犯了孤平。其实句中第五个字是单数字，不是节拍所在，这个字，并不一定要用平声。但是为了避免句子中只有一个平声字而犯孤平，既可以在第五个字用平声，也可以在第一个字用平声，成为"平仄仄平仄仄"句式，同样合乎格律。所以，认为六字句中的"仄仄仄平平仄"句式是特种律句的说法，是值得研究的。

七字句 词中的七字句，多数是和七言近体诗句一样的律句。也有的是一个领句字，领后面六个字的一字豆句式，和上三下四的句式。这种上三下四的句式，前面三个字是领句字，在句子中安排平仄的时候，要把这三个字除开。例如柳永的《甘草子》词中的"奈此个单栖情绪"，姜夔的《翠楼吟》词中的"叹芳草萋萋千里"等句子，就是这一类句式。

八字句 八字句一般是上三下五句式。例如周邦彦的《花犯》词中的"人正在空江烟浪里"，北宋李元膺的《洞仙歌》词中的"早占取韶光共追游"等句子，就属这一类。八字句也有上五下三句式的，例如北宋鲁逸仲的《南浦》词中上片的"听单于三弄落谯门"，下片的"也相思万点付啼痕"等等。这两种句式的平仄安排，都作一字豆处理。八字句另有用四个词组构成的，每个词组两个字，例如苏轼的

《哨遍》词中的"但知临水登山啸咏"，周邦彦的《瑞龙吟》词中的"探春尽是伤离意绪"等等，这种句式的节拍都在双数字上。八字句也有用一字豆领后面七个字的，关于这种句式，前面已经作过介绍，这里就不多说了。

九字句 九字句有上三下六、上四下五、上五下四和上六下三等句式。上三下六句式，例如苏轼的《洞仙歌》词中的"又不道流年暗中偷换"，这种句式的平仄安排，先把前三个字除开作领句字，后面的双数字是节拍所在。上四下五的句式，例如秦观的《虞美人》词中的"去国十年老尽少年心"，节拍在双数字上。上五下四的句式，例如苏轼的《洞仙歌》词中的"便吹散眉间一点春皱"，这种句式的平仄安排，把第一个字作一字豆，后面的节拍在双数字上。上六下三的句式，例如李煜的《虞美人》词中的"故国不堪回首月明中"、"恰似一江春水向东流"，节拍在双数字上。

词中还有少数十字句，只在《摸鱼儿》、《粉蝶儿》等少数词牌中存在，例如晁补之的《摸鱼儿》词中上片的"最好是一川夜月光流渚"，下片的"满青镜星星鬓影今如许"，都是上三下七句式，安排平仄的时候，把前面三个字除开，再按七言律句处理。

从上面介绍的各种句式中，可以知道词句的形式有多种多样，词句中的平仄安排，也各有不同。尽管这样，我们只要熟悉词牌，而且懂得词句中的节拍用字平仄声交错使用和领句字的使用，就能够处理各种不同的句式。

二、特殊句式

在宋朝人的词中，对词句的平仄安排，或者是句式结构，常常有打破常规的情况，出现一些比较特殊的句式，例如拗句、增字句和参差句等。下面分别介绍。

（一）拗句

我们知道，不论诗句或者是词句，句中平仄安排凡是符合格律的是律句，不合格律的是拗句。在前人的诗词句子中，常常有不合格律的拗句存在。词中其所以出现拗句，一个原因是作者出于内容的需要，不愿意因为迁就格律而损害词意，于是在用字上没有完全照顾规定的平仄安排，以致形成拗句；另一个原因，是为了配合乐曲演唱。宋代词人柳永、周邦彦、李清照、姜夔、吴文英等，都是精通音律的，柳永、周邦彦、姜夔还创制了不少词牌。可是在他们写的词中，就常常出现拗句。根据前人研究的结果，认为词中出现拗句是出于演唱上的需要。由于词和音乐分离已经很久了，当年的词是怎样配合乐曲演唱的，我们已无从知道。但是在词和音乐没有分离以前，词中存在拗句，而且能够演唱，这是不容否认的事实。

宋词有的词牌中的某一个句子，由于最初有人用了拗句，以后用这个词牌的，也跟着在这一句用拗句，用久了以后，这一个拗句就取代律句而固定下来，即便在词和乐曲不再发生关系以后，这种情况也没有改变。下面举两个例子：

先看《念奴娇》这个词牌，过去的词论家以苏轼咏中秋的《念奴娇》词为定格。这首词的上下片结句是这样写的："望中烟树历历"、"一声吹断横笛"，前一句的平仄安排是仄平平仄仄仄，后一句的平仄安排是仄平平仄平仄，都是拗句。他在另一首题为赤壁怀古的《念奴娇》词的上下片结句，同样使用拗句"一时多少豪杰"、"一樽还酹江月"。苏轼一生只用了两次《念奴娇》词牌，这两次都在上下片结句用了拗句。由于苏轼开了先例，后来用《念奴娇》这个词牌的人，都在上下片的结句使用拗句。不仅与苏轼同时的词人是如此，南宋和金、元、明、清的词人，几乎都把《念奴娇》调上下片的结句写成拗句。从《全宋词》中所辑辛弃疾一生所写的二十二首《念奴娇》词来看，这两句都是拗句。

再看《青玉案》这个词牌下片第二句，最早用这个词牌的贺铸写的是"彩笔新题断肠句"，平仄安排是仄仄平平仄平仄。这种句式用了以五救六的拗救方式，虽然合律，但是毕竟不是标准句式。与贺铸同时的苏轼和黄庭坚，在他们步贺铸原韵写这首词时，在这一句也使用相同的句式。自此以后，凡用《青玉案》这个词牌，这一句几乎都用贺铸的句式，试看：

笑语盈盈暗香去

|　—　—△

〔南宋〕辛弃疾《元夕》

海上传柑梦中去

|　—　—△

〔南宋〕刘辰翁《用辛稼轩〈元夕〉韵》

定向渔蓑得奇句

|　—　—△

〔金〕完颜璹

欲写幽怀恨无句

|　—　—△

〔金〕元好问

醉墨题诗要香露

|　—　—△

〔元〕王恽《赋紫金沙》

谁道桃花笑人老

|　—　—△

〔元〕刘诜《和友人寿席》

稷下雄谈且休矣

|　—　—△

〔清〕朱彝尊《临淄道上》

向蔓草平原泪盈把
　·　　｜　　—　　—　△

（〔清〕顾贞观）

前人在词中使用拗句，如果出于内容的需要或者是为了配合演唱而采取的权宜办法，这是完全必要的。如果不是从内容的实际需要出发，只是盲目地仿照前人的格式，前人用拗字拗句，后人也跟着生搬硬套，这就完全没有必要。从艺术效果着眼，词句应该使用律句，特别是词和音乐分离以后，就没有必要使用拗句来配合演唱。所以，在不影响内容的前提下，词句还是应该避免拗句而使用律句。

（二）增字句

词在最初本来是配合乐曲供演唱用的，一个词牌有一个曲调，所以一首词都是先定句，句有定字，字有定声。但是在特定情况之下，某一个句子需要增加字，才能更好地表达词意，而又不影响演唱的时候，于是在定字之外，再增加一个字，这在词的格律中，也是允许的。下面举两个例子：

《江城子》这个词牌，最初是单调。末尾是两个三字句，例如西蜀词人牛峤作的《江城子》词结尾几句：“帘卷水楼鱼浪起，千片雪，雨濛濛。”但是与牛峤同在西蜀的词人欧阳炯作的《江城子》词，在前一个三字句前面，却增加一个字。词的末尾几句是：“空有姑苏台上月，如西子镜，照江

第十三讲　词的句式　　**135**

城。"其中一个"如"字，是这个词牌规定的字数之外增加的。把上下句连起来看，如果不增加这个"如"字，那么上句的"姑苏台上月"就和"西子镜"连贯不起来。所以增加这个"如"字是必要的。

又如《行香子》这个词调，下片末了是一字领三个三字句。苏轼过七里滩写的《行香子》下片末几句是："但远山长，云山乱，晓山青。"可是李清照写的同一调下片的末三句，却都加了一个衬字"儿"，成了一个五字句和两个四字句："甚一霎儿晴，一霎儿雨，一霎儿风。"从效果看，各句增加了一个"儿"字，不但补足了"一霎"的语意，而且更加口语化，读起来愈见生动。显然，词人在构思时，就决定用"一霎儿"这个词。而每句中多出一个衬字，在精通音律的李清照看来，是不会影响演唱的。

（三）参差句

一首词中的两句之间，有时候出于词意表达的需要，在保持字数不变的情况之下，允许把上句规定的字数，移几个到下一句，或者是把下一句规定的字数，移几个到上一句；还允许把一句分为两句，或者是把两句分为三句，把三句合并为两句等等不同做法。这种参差句式，在词和音乐没有分离以前，由于并没有增加或者减少字数，不致影响演唱。下面分别举几个例子：

《水调歌头》这个词牌，上片的第三第四两句，下片的第四第五两句，比较常用的是上六下五句式，例如苏轼用韩愈听琴诗意来写的《水调歌头》词，它的上片第三第四句是"恩怨尔汝来去，弹指泪和声"，下片第四第五句是"跻攀寸步千险，一落百寻轻"，都是上六下五句式。可是同一个苏轼，他在黄州快哉亭写来赠给张偓佺的《水调歌头》词，上片的第三第四句是："知君为我，新作窗户湿青红。"下片的第四第五句是："忽然浪起，掀舞一叶白头翁。"用的是上四下七句式，而不是上六下五句式。不过不论是前一首和后一首，这两句的字数合起来都是十一个字，字数并没有增减，所以不影响当时用来演唱。

再看《水龙吟》这个词牌。苏轼写来答和章质夫的《水龙吟》词中，上片末了两句是："寻郎去处，又还被莺呼起。"下片末了三句是："细看来，不是杨花，点点是离人泪。"上片末了一句是六字句，下片后两句是上四下六式。再看秦观的《水龙吟》词，上片末一句是"红成阵，飞鸳甃"，把苏轼词中用的六字句形式分为两个三字句。下片末了三句是："念多情，但有当时皓月，向人依旧。"把苏轼词中末两句用的上四下六句式，改为上六下四句式。再看南宋朱敦儒的《水龙吟》词的上片末几句："巢由故友，南柯梦，遽如许。"和秦观词中上片的末几句的句式相同，但是和苏轼词上片末句的句式不同。朱敦儒词下片的末三句是："但愁敲桂棹，悲吟《梁父》，泪流如雨。"其中前一句用一字豆"但"字领以下三个四字句，这和苏轼、秦观两人所用的句式都是不同的。不过这三种句式，虽然形式不同，字数却是相同的。

这里需要注意的是，由于句式的改变，句子中的平仄安排，也得作相应的改变。

第十四讲　曲的分类

　　曲作为一种文学体裁，起于金王朝统治北方的时期，而盛行于元代，分戏曲和散曲两种。戏曲在北方称杂剧，在南方称传奇（传奇到明清才盛行起来）。在元代，不少戏曲家又是散曲家，如有名的杂剧家关汉卿、白朴、马致远、宫大用，都有大量散曲作品流传下来；另有一些戏曲家如郑光祖、睢景臣，虽然流传下来的散曲数量不多，但也可看出他们是此道能手。当时还有一些以散曲知名的人，如卢挚、乔吉、张可久，流传下来的作品都很多。

　　元代的戏曲和散曲统称元曲。由于它的作者多，作品数量多，而且好的作品不少，所以元曲的地位足与唐诗、宋词后先辉映，都是能够代表当时的具有独特风格的文学体裁。

　　戏曲是供表演用的，除了需要配上乐曲而外，还有所谓科白，也就是动作、表情等舞台指示（科），和演员的独白与对话（白）。散曲本是民间小调，又叫清唱。它和词一样，最初也是配合乐曲供演唱用的。它与戏曲不同之处是：戏曲有科白，散曲则只是清唱。但戏曲的唱词部分和散曲，都要受格律约束，所以，散曲也是格律诗的另一种形式。

本书所讨论的范围不包括戏曲而只谈散曲，也就是从诗歌的角度来谈散曲。

散曲由民间小曲发展而成。它和词有许多相似的地方，所以又叫"词馀"，元人又称之为"新乐府"。词有词牌，曲有曲牌。词和曲都是由长短句组成，最初都是配上乐曲演唱，直到和音乐分离以后才成为独立的诗体。清人刘熙载在所著的《艺概》中论到词和曲的关系时说："未有曲时，词即是曲；既有曲时，曲可悟词。"这话很有道理。

散曲也和戏曲一样，按地域的不同，分为北曲和南曲。简略些说，当金王朝统治北方及入主中原时期，中原的词传入北方，形成北曲。以后元政权统一中国，北曲又影响到南方，南方文人及艺人根据南方的曲调和语言习惯，创造了南曲。

由于南北语音的不同，北曲和南曲也存在一些差别，主要有以下三点：

一、从音乐上来看，因各自的乐曲有别，所以在板式、谱式、调式和一套曲的数量上都有区别。不过这些区别，都属于戏曲范围，特别在散曲和音乐分离，成为独立的诗歌体裁以后，更不存在从音乐上区分南北了。

二、从句式上看，北曲在句子中可以增加从一个到十多个的衬字；而南曲在句中加衬字的情况很少。

三、北曲没有入声字，而把旧读入声字分别派入平、上、去三声；而南曲仍分平、上、去、入四声。

元曲一般以北曲为代表，流传到今天的戏曲，多数也是北曲；南曲为数很少，保存下来的代表作是元末高则诚著的《琵琶记》。至于散曲，今天尚能见到的全部金元散曲三千多首，几乎全是北曲。因此，本书凡是谈到与散曲有关的问题，都以北曲为准。

散曲从形式而言，分为小令和套数两种。下面分别介绍。

一、小令

小令又称叶儿，是单独一首类似词中小令的小诗。词的小令是按字划分的，一般在五十八个字以内。而曲的小令如《新时令》、《十棒鼓》等，字数都在六十个以上。词的小令既有单调，又有双调，也就是有的小令分为上下片；而曲的小令都是单调，不分段。如果一首小令没有把意思表达完，可以用以下三种方式来处理。

（一）**幺篇** 幺（yāo）篇在南曲中称为前腔，就是同一曲牌的重复使用。在重复使用同一曲牌时，不再加上曲牌名称，而以"幺篇"或"幺"代替。试看以下例子：

玉壶春水浸晴霞，景物奢华，彩船歌管间琵琶。青旗挂，沽酒是谁家。〔幺〕夕阳一带山如画，数投林万点寒鸦。曲水边，孤山下，游人归去，明月管梅花。

（〔元〕张可久《〔正宫〕小梁州·春游晚归》）

这首小令前面五句是按曲牌《小梁州》填写的。"正宫"是这个曲牌所属的宫调①名。〔幺〕以下六句是曲牌以外增加的"幺篇"。所增加的"幺篇"，句式与正调《小梁州》小有差别。

嵯峨峰顶移家住，是个不唧嘌樵父。烂柯时树老无花，叶叶枝枝风雨。〔幺〕故人曾唤我归来，却道不如休去。指门前万叠云山，是不费青蚨买处。

（〔元〕冯子振《〔正宫〕鹦鹉曲·山亭逸兴》）

这首《鹦鹉曲》共四句，属正宫调。曲中的"幺篇"是用正调句式，只是第二句比正调少一个字，第四句加了一个衬字。

使用幺篇这种方式，也可根据内容的需要改变句式或增减句数。在一首曲中使用幺篇，可以连续多次。

（二）带过曲　带过曲在使用时称"带过"，简称"带"或"过"。就是在正调之后使用不同的曲牌，如〔双调〕《雁儿落》带过《得胜令》、〔中吕〕《喜春来》带过《普天乐》、

---

①　关于宫调，参见第十讲第三节和后面第十五讲第二节。

〔双调〕《水仙子》带过《折桂令》等。下面是带过曲例子：

> 旃檀古道场，水月白衣相。真珠般若林，多宝如来藏。　　梵相四天王，唐塑八金刚。佛隐松间塔，僧推云外窗。虚堂、法鼓惊天上，长廊、游人惹御香。
>
> （〔元〕赵善庆《〔双调〕〈雁儿落〉过〈得胜令〉》）

这首曲前四句的曲牌是《雁儿落》，以下各句是"带过"的《得胜令》。正调与带过曲之间须空一字。

一个曲牌"带过"其他曲牌，可以多于一个，如元人马谦斋的〔中吕〕调小令《快活三》，就同时"带过"《朝天子》和《四边静》两首曲子；赵禹圭的〔双调〕小令《雁儿落》，就同时"带过"《清江引》和《碧玉箫》两首曲子。

一个曲牌所带过的其他曲牌，必须同韵，而且要同属于一个宫调。以上介绍的带过曲例子，所带过的曲子与正调都同属一个宫调。不同宫调的曲牌不能使用"带过"方式。

（三）重头　重头是以同一个曲牌，重复使用若干次，以叙述一个故事或歌咏有一定关联的事物。如元人王恽的正宫调《双鸳鸯·柳圈辞》六首、张养浩的中吕调《朝天曲·咏四景》等就是这一类型。重头与幺篇性质相近，所不同的是：重头每首的句式必须相同或基本相同，而幺篇允许在字句上与正调有差别。此外，重头每首可以不同韵，而幺篇必须与主调同韵。

下面以张养浩的中吕调《朝天曲·咏四景》为例：

　　远村，近村，烟霭都遮尽，阴阴林树晓未分，时听黄鹂韵。竹杖芒鞋，行穿花径，约渔樵共赏春。日新，又新，是老子山林兴。——春

　　自酌，自歌，自把新诗和，人间甲子一任他，壶里乾坤大。流水当门，青山围座，每日家叫三十声闲快活。就着这绿蓑，醉呵，向云锦香中卧。——夏

　　此花，甚佳，淡秋色东篱下。人间凡卉不似他，倒傲得风霜怕。玉蕊珑葱，琼枝低压，雪香春何足夸。羡煞，爱煞，端的是觑一觑千金价。——秋

　　此杯，莫推，雪片儿云间坠，火炉头上酒自煨，直吃的醺醺醉。不避风寒，将诗寻觅，笑襄阳老子痴。近着这剡溪，夜里，脸冻的来不得。——冬

这四首曲中，有的句子加了衬字，所以各首的字数不同。

二、套数

　　套数又称套曲，就是用两首以上小令组成一套曲子，有头有尾，互相联贯。南曲的套数，分引子、过曲和尾声三部分，不能少于三支曲子。北曲的套数，一般由楔子、正曲和尾声三部分构成，但也有不用楔子或尾声的，所以最短的可

以只有两支曲子，而多的却有三十多支曲子。

尾声又有"煞尾"、"赚煞"、"收尾"、"结音"、"馀音"、"馀文"等称呼，简称"尾"或"煞"。尾声名称的使用随套曲所用宫调名称而异，如仙吕调的尾声称"赚煞"或"赚尾"，黄钟宫的尾声则直称"尾声"或简称"尾"。

尾声在套曲中也是一首小令，有固定的曲谱。尾声句数的多少随曲谱而定，常见的尾声是三句到十句以内；但也有较长的尾声，如元人曾瑞的套曲〔正宫〕《端正好》的尾声，长达二十二句。

套曲中也有以独立的一支小令来煞尾的，例如正宫的《啄木儿煞》（亦入中吕）、大石调的《玉翼蝉煞》、中吕的《卖花声煞》、双调的《离亭宴煞》等，既是独立的小令，有时也被作者用来作尾声。

套数既用于散曲，也用于戏曲。用于散曲的套数称为散套；戏曲每一折（就是一幕）的唱词部分，就是一组套曲。

套数中的各个曲子必须同属一个宫调；如宫调不同，而管色相同，也可以互借入套。套数中的各个曲子必须同韵。

套数中可以用幺篇方式。由于套数就是由多数小令组成的，所以不适用"带过"的称呼。

下面引元人施惠写的一首比较简短的套数为例。

〔南吕〕一枝花　咏剑

离匣斗牛寒，到手风云助。插腰奸胆破，出袖鬼神伏。正直规模，香檀把虎口双吞玉。沙鱼鞘龙鳞密砌珠。挂三尺壁上飞泉，响半夜床头骤雨。

〔梁州〕金错落盘花扣挂。碧玲珑镂玉妆束。美名儿今古人争慕。弹鱼空馆，断蟒长途，逢贤把赠，遇寇即除。比莫邪端的全殊，纵干将未必能如。曾遭遇诤朝谏烈士朱云，能回避叹苍穹雄夫项羽，怕追陪报私仇侠客专诸。价孤。世无。数十年是俺家藏物。吓人魂，射人目。相伴着万卷图书酒一壶。遍历江湖。

〔尾声〕笑提常向尊前舞，醉解多从醒后赎。则为俺未遂封侯把他久担误。有一日修文用武，驱蛮静虏，好与清时定边土。

第十五讲　曲牌和宫调

一、曲牌

前面说过，曲和词一样，词有词牌，曲有曲牌。词、曲最初都是配上乐曲供演唱用的，所以先有曲谱，然后填上歌词。一首曲的歌谱，就叫曲牌。一个曲牌一个调子，所以曲牌又称曲调。写曲和写词一样，要用某一个曲牌，就得按这个曲牌格律规定的模式填写。不过曲对平仄安排的要求比词严格，而在字句安排和用韵方面又有比词灵活的地方，这将在后面第十七讲里介绍。

曲从金代出现时起，就有了曲牌。金代诗人流传到今天的散曲，可以说是最早的散曲，当时的著名诗人元好问留下的九首小令，就用了《人月圆》、《后庭花破子》、《喜春来》、《骤雨打新荷》等曲牌。其中的《人月圆》、《喜春来》和《后庭花》是借用词牌名，而《骤雨打新荷》就是当时新出现的曲牌。

根据清乾隆年间周祥钰、徐兴等人奉命编纂的《九宫大成南北词宫谱》所收，其中南曲包括集曲[①]在内共有曲牌一千五百十三个，北曲曲牌五百八十一个，合起来有二千零九十四个。

曲牌多数来自民间。其中一部分取自词牌，如《沁园春》、《醉花阴》、《喜迁莺》、《点绛唇》、《太常引》等。这些取自词牌的曲牌，多数只是用它的名称，而字句及声律方面都自有体式。

有一部分曲牌是作曲子的人创制的，如金代元好问作的〔双调〕小令《骤雨打新荷》，就是由于曲中有"骤雨过，珍珠乱糁，打遍新荷"这么几句，便以"骤雨打新荷"这几字作为曲牌名。又如《干荷叶》这个曲牌，也是最初作这首曲的刘秉忠在曲里有"干荷叶"句，便作为曲牌。

有一部分曲牌是根据音节或体式特征而取名，如《节节高》、《四换头》、《急曲子》以及集曲中的《十二红》、《三十腔》等。

还有以时序、花鸟、人名、地名或物名为曲牌名的。以时序为曲牌名的，如《醉春风》、《秋江送》、《十二月》等。以花卉或树木为名的，如《小桃红》、《红芍药》、《梧桐树》等。以鸟类为名的，如《黄莺儿》、《凤鸾吟》、《鸳鸯煞》

---

① 集曲：南曲曲牌中的一种体式，是选取不同曲牌中的各一节联为新曲，另立新名。

等。以人名为名的，如《苏武持节》、《鲍老儿》、《那吒令》等。以地名为名的，如《小梁州》、《穷河西》、《郓州春》等。以物名为名的，如《挂金索》、《净瓶儿》、《剔银灯》等。

还有以当时北方少数民族词语作为调名的，例如《者剌古》、《阿纳忽》、《也不罗》、《拙鲁速》等。

此外，还有专用于演奏的曲牌，这种曲牌只有曲调而无曲词。

曲牌一般只作为某一曲子的名称，与这一曲子的内容没有关系。

在这繁多的曲牌中，从现存的元曲来看，有的只在小令中使用，如《一半儿》、《人月圆》、《山坡羊》等；有的曲牌只在套数中使用，如《新水令》、《滚绣球》、《耍孩儿》等；有的曲牌既可用于小令，又可入套，如《小桃红》、《醉太平》、《红绣鞋》等。又有的小令只能与其他曲子合为带过曲，不能独用，如曲牌《十二月》只能带过《尧民歌》，《齐天乐》只能带过《红衫儿》，本曲与所带过的曲子都未见有独用的例子。还有的曲牌，作为独用小令属一个宫调，而入套又属另一宫调，如《绿幺遍》这个曲牌，作为独用小令属正宫，入套则入仙吕。

由于元曲的乐曲失传，而当年的散曲流传下来的又只是一部分，今天所掌握的资料还不够全面，所以上述的一些曲牌的特殊用法在当年是否如此，还有待进一步探讨。

二、宫调

前面第十讲说过，词在没有和音乐分离以前，每首词都属一个宫调。曲也是一样，它在配上乐曲用来演唱的时候，每首曲也属一个宫调。过去流传下来的全部曲子，每一首的曲牌之前都是注明宫调名称的。如不注明宫调，乐工和演员便无依据而不能演唱。

曲是代词而兴起的一种文学体裁，词的形式和所用的音乐，对曲都有直接的影响。当词与音乐分离之时，正是曲音乐创立之时，曲词也就随着曲音乐的兴起而与之配合以供演唱。

前面第十讲第三节介绍词调时说过，中国古代的音乐，原是八十四个宫调。从唐代到北宋都只用二十八个宫调；到南宋时，又只保留了以下七宫十二调。

七　宫：黄钟宫　仙吕宫　正宫　高宫　南吕宫

中吕宫　道宫

十二调：大石调　小石调　般涉调　歇指调　越调

仙吕调　中吕调　正平调　高平调　双调

黄钟调　商调

到了元代，当时的曲家又根据实际需要，对宫调的使用作了调整，北曲只使用六宫十一调，共为十七个宫调。名称如下：

六　宫：正宫　中吕宫　道宫　南吕宫　仙吕宫

黄钟宫

十一调：大石调　双调　小石调　歇指调　商调

　　　　越调　般涉调　高平调　宫调　角调

商角调

元曲所用的宫调与南宋所用的宫调不同之处，一是在南宋所用的七宫中淘汰了高宫；二是在南宋所用的十二调中淘汰了仙吕调、中吕调、正平调和黄钟调等四调；三是增加了原二十八个宫调中所无的宫调、角调和商角调。

据前人考证，元杂剧并没有全部使用六宫十一调，而只用了以下五宫四调。

五宫：正宫　中吕宫　南吕宫　仙吕宫　黄钟宫

四调：大石调　双调　商调　越调

前面已经说过，每个宫调的音乐各具声情特色，曲家选宫调，也如过去词人选词调一样，都要先考虑所要表达的内容的实际情况然后决定，不能轻率从事。

元代声律学家周德清，在他所著的《中原音韵》中，根据元曲所用的六宫十一调的声情特色，对十七宫调作了以下概括：

仙吕调清新绵邈　　南吕宫感叹伤悲

中吕宫高下闪赚　　黄钟宫富贵缠绵

正宫惆怅雄壮　　　道宫飘逸清幽

大石风流酝藉　　　小石旖旎妩媚

高平条物滉漾　　般涉拾掇坑堑

歇指急并虚歇　　商角悲伤宛转

双调健栖激袅　　商调凄怆怨慕

角调呜咽悠扬　　宫调典雅沉重

越调陶写冷笑

根据周德清对六宫十一调声情特色的总结，可以知道，用于喜庆宜用黄钟宫；表现激昂情绪宜用正宫、中吕宫和双调；表达轻快感情宜用仙吕宫、道宫、大石调和小石调；表达忧伤心情用南吕宫、角调、商调和商角调；在严肃场合宜用宫调；表示诙谐则用越调。惟所说的"高平条物滉漾"、"般涉拾掇坑堑"、"歇指急并虚歇"，词意比较抽象，令人难以捉摸。

周德清这些说法是指一般情况而言，而且主要是就杂剧中使用宫调的情况而言，有的说法在某些杂剧中也能得到证实。在曲没有和音乐分离以前，周德清的说法对散曲作者有一定的参考价值。

前面说过，每个曲牌都属一定的宫调。散曲的套数中的每一个曲子，都必须同属一个宫调。

在元曲的杂剧中还有一种借宫的方式，就是在必要时借用别的宫调的曲子，与另一些同一宫调的曲子组成一折戏，也就是构成一个套数。但是这种借宫的方式只限于杂剧使用，而不适用于散套。

在曲牌中，也有些曲牌分属两个宫调。例如《水仙子》这个曲牌，分属黄钟和双调；《寨儿令》这个曲牌，分属黄钟和越调；《红芍药》这个曲牌，分属中吕和南吕。曲牌虽同而所属宫调不同，就是两个不同体式的曲子，在当时是不能混用的；乐工只能根据这支曲子所标明的宫调进行演唱，不标明宫调，就不能演唱。

宫调在曲中是乐曲的标识。当曲子还是配合乐曲供演唱时，曲牌注明宫调是必不可少的。但今天已没有人再写杂剧，散曲已成为一种诗歌形式而并不用来演唱。所以，当时曲子前标注的宫调，除了供研究，已没有什么使用价值。今天写散曲更没有考虑宫调的必要，也不必加上宫调名称，只须按曲牌的模式写作就可以了。

第十六讲　曲韵

诗有诗韵，词有词韵，曲，也有曲韵。

散曲最初是金、元时期的民间小调，初期的用韵只要求合于当时北方的语音，不像近体诗和词那么严格。

元朝初年，周德清（江西高安人）根据从金代以来到当时的戏曲和散曲用韵的实际情况，同时根据当时北方的语音，又参考平水韵，把平水韵一部分韵部的字作些调整，编成了一部曲韵，名叫《中原音韵》。这部韵书分为十九个韵部，每个韵部分阴平、阳平、上声和去声四个部分，而把入声派入平、上、去三声。从此，《中原音韵》就成了北曲所依据的韵书。至于南曲，最初仍按填词的习惯用韵；明太祖洪武年间《洪武正韵》编成，写曲的人也有采用这部韵书的。

《洪武正韵》是明太祖朱元璋命宋濂、乐韶凤等人编成的。这部韵书是根据中原语音，归并平、上、去三声为二十二部，另入声十部。二十二部中，阳声十部，阴声十二部；而以入声十部配于阳声。《洪武正韵》编得不够完善，虽经明政府下令推行，后来又加以修订，仍然无法推广。写诗的仍用平水韵，写曲的仍以《中原音韵》为用韵依据。

《中原音韵》十九个韵部，每部都以本韵部中的两个平声字作为领韵字。现将十九个韵部的名称分别列在下面，并注明各韵部与平水韵的关系。

一　东钟——包括上平声韵一东、二冬，上声韵一董、二肿，去声韵一送二宋。

二　江阳——包括上平声韵三江，下平声韵七阳，上声韵三讲，去声韵三绛。

三　支思——包括上平声韵四支，上声韵四纸，去声韵四寘，入声韵四质、十三职、十四缉各一部分。

四　齐微——包括上平声韵五微、八齐、十灰，上声韵四纸、五尾、八荠，去声韵四寘、五未、八霁，入声韵四质、十一陌、十二锡，十三职、十四缉各一部分。

五　鱼模——包括上平声韵六鱼、七虞，上声韵六语、七麌，去声韵六御、七遇，入声韵一屋、二沃、五物、六月各一部分。

六　皆来——包括上平声韵九佳、十灰，上声韵九蟹、十贿、二十哿，去声韵九泰、十卦，入声韵十一陌、十三职各一部分。

七　真文——包括上平声韵十一真、十二文、十三元，上声韵十一轸、十二吻、十三阮，去声韵十二震、十三问、十四愿各一部分。

八　寒山——包括上平声韵十三元、十四寒、十五删，上声韵十三阮、十四旱、十五潸，去声韵十四愿、十五翰、十六谏各一部分。

九　桓欢——包括上平声韵十四寒、十五删，上声韵十四旱，去声韵十五翰各一部分。

十　先天——包括上平声韵十三元，下平声韵一先，上声韵十三阮、十六铣，去声韵十四愿、十七霰各一部分。

十一　萧豪——包括下平声韵二萧、三肴、四豪，上声韵十七筱、十八巧、十九号，去声韵十八啸、十九效、二十号，入声韵三觉、七曷、十药各一部分。

十二　歌戈——包括下平声韵五歌，上声韵二十哿，去声韵二十一箇，入声韵三觉、七曷、十药、十五合各一部分。

十三　家麻——包括上平声韵九佳，下平声韵六麻，上声韵二十一马，去声韵二十二祃，入声韵七曷、八黠、十七洽各一部分。

十四　车遮——包括下平声韵五歌、六麻，上声韵二十一马，去声韵二十二祃，入声韵六月、九屑、十一陌、十六叶各一部分。

十五　庚青——包括下平声韵八庚、九青、十蒸，上声韵二十三梗、二十四迥，去声韵二十四敬、二十五径各部。

十六　尤侯——包括下平声韵十一尤，上声韵二十五有，去声韵二十六宥各部，入声韵一屋、二沃各一部分。

十七　侵寻——包括下平声韵十二侵，上声韵二十六寝，去声韵二十七沁各部。

十八　监咸——包括下平声韵十三覃、十五咸，上声韵二十七感、二十九豏，去声韵二十八勘、三十陷各一部分。

十九　廉纤——包括下平声韵十四盐，上声韵二十八琰，去声韵二十九艳各部。

《中原音韵》从分部的数目来看，与词韵韵部数相同。但词韵是平、上、去三声合为十四部，入声五部。如果把平、上、去三声分开，就是四十二部，加上入声五部，共有四十七部，比曲韵多出二十八个韵部。所以，词韵与平水韵相比，虽已减少六十个韵部，但与曲韵相比，又显得繁细了。

曲韵虽然只有十九个韵部，它仍然注重某些介音和韵尾的区别，所以对韵部的划分还嫌有些烦琐。例如今天使用的新韵"十四寒"这个韵部，在以《中原音韵》为根据的曲韵中就分为"寒山"、"桓欢"、"先天"、"监咸"、"廉纤"等五个韵部。试就这五个韵部按平上去三声各举几字为例：

韵部	平声字	上声字	去声字
寒山	山丹寒兰还	反晚简产赶	旱旦万叹案
桓欢	官欢潘桓完	馆款满暖短	唤漫窜段算
先天	先天边连然	远演浅选展	愿劝献眷面
监咸	堪监三南谈	感胆毯坎斩	撼淡陷站暗
廉纤	淹纤廉钳盐	掩脸染闪点	艳欠店念渐

从上面表中可以看出，今天的汉语诗韵中同属"十四寒"韵部中的字，在《中原音韵》中却分属五个韵部，因而平声字中的"山官先南钳"等字，上声的"晚款展胆染"等字，去声的"万段献淡念"等字，由于不是一个韵，就不能用在一首曲中。这就使写曲的人受到很大的限制。

今天新韵中的"十五痕"韵部，在《中原音韵》中也分为"真文"和"侵寻"两部。

《中原音韵》是根据元代初年北方语音的实际情况编定的。七百年来，北方语音已有很大变化，如《中原音韵》"齐微"韵部，包括了今天汉语拼音韵母i和ei两部分的字，也就是新韵"七齐"和"八微"两部的字。按照今天的读音，《中原音韵》的"齐微"韵部应该分开。《中原音韵》的"鱼模"韵部，也包括了韵母是ü和u的两部分字，今天的新韵就根据普通话读音把"鱼模"韵分为"十模"和"十一鱼"两个韵部。

再如《中原音韵》中的"歌戈"韵部，其中韵母是o或uo的字，如平声的波、多、磨、罗，仄声的锁、果、左、铎等字，与另一部分韵母是e的字，如平声的歌、戈、科、河，仄声的可、合、若、饿等字，照今天的普通话读音是有些差别的，所以新韵把韵母是o或uo的字列入"二波"韵部，把韵母是e的字列入"三歌"韵部。又如《中原音韵》的"车遮"韵部所收的字，照今天的读音，一部分字的韵母是e，如平声的车、遮、奢、赊等字，仄声的舍、者、折、舌等字；另一部分的韵母是ie或üe，如平声的嗟、爹、些、爷，仄声的且、谢、借、决等字，在今天的新韵中，也把它们分为"三歌"和"四皆"两个韵部。

从上述情况可以看出，以《中原音韵》为根据的曲韵，如果按今天的语音来衡量，已不能适应需要。我们介绍曲韵，是为了明白当年的曲家用韵的情况，有助于对戏曲散曲作进一步的研究。如果我们今天要运用散曲形式进行写作，那么就不必再受《中原音韵》的限制，使用现代的新韵就很适当。

第十七讲　曲的基本格律

前面说过，曲是格律诗的另一种形式，因此，曲这种文学体裁也要受格律约束。

曲是代词而兴起的一种文学体裁，词的衰落时期正是曲的兴起时期。词的格律对曲的格律的形成有直接的影响，而词的格律的组成部分，在曲的格律中也同样存在。

曲的格律，主要分为押韵、平仄安排、对仗和衬字四部分。下面分别介绍。

一、押韵

诗和词都须押韵，曲也不能例外，但是曲的用韵与诗词的用韵有几点明显不同的地方。

（一）**一韵到底**　凡是北曲，不论是一首小令、套数，或是杂剧一折戏中的曲子，只能用一个韵，不能换韵。至于南曲传奇，一折中的曲子是可以换韵的。北曲这种一韵到底的规定，与近体诗以及限用一个韵的某些词牌相同。但多数词牌是可以转韵的，这种转韵的方式不适用于北曲。

（二）平仄通押 近体诗用韵不能平仄通押。词的用韵，也只有《西江月》、《渡江云》、《哨遍》、《戚氏》等少数词牌可以平仄通押。北曲无入声，以入声字派入平上去三声，平仄通押。南曲则保留入声，入声可以代替平声。

北曲虽然没有入声而且平仄通押，但是押平声或是仄声，要按曲谱规定办事，须押平声的不能用仄声，须押仄声的不能用平声；而且规定用去声字为韵的地方，不能用平声字或上声字代替，如用入声字代替，也要这个入声字是派入去声的，否则也不能用。

（三）可以重韵 近体诗是不能重韵的，即便是百句以上的排律，所用韵脚也没有重复字。词中除了出现叠句才有重韵出现而外，也只有在为了特殊的需要时才使用重韵。曲中的小令由于形式短小，用韵的句子不多，所以不易重韵；但套数和杂剧，限于一韵到底而又不能换韵，而且容纳的曲子数量多，需要押韵的句子也多，往往感到用来押韵的字不够使用，于是不避押韵字的再度使用，造成重韵。

下面以三首小令和一组套数为例，说明曲的押韵情况。

〔中吕〕阳春曲　别情　〔元〕王伯成

多情去后香留枕，好梦回时冷透衾。闷愁山重海来
　　　　　　　　△　　　　　　　　⊙

深。独自寝，夜雨百年心。
　⊙　　　△　　　　　　⊙

这支曲子共五句，用两仄韵三平韵，句句用韵，一韵到底。用的是《中原音韵》第十七部"侵寻"韵。

〔南吕〕四块玉　咏手　〔元〕乔　吉

弦上看，花间把，握雨携云那清嘉，春风满袖拈罗
　　　　　　　△　　　　　　　　　　　　　⊙

帕，擎玉斝（jiǎ），微蘸甲。风韵煞！
△　　　△　　　　　　△　　　　△

这支曲子除了起句未用韵，其馀六句都用韵。其中"嘉"字是平声，"把"、"斝"二字是上声，"帕"字是去声，"甲"、"煞"二字是旧读入声。全曲一韵到底，四声通押。用《中原音韵》第十三部"家麻"韵。

〔双调〕庆东原　晚春杂兴　〔元〕赵善庆

烟中寺，柳外楼。乱随风雪絮飘晴昼。游人陌**头**，
　　　　　　　　　　　　　　　　　　　　　　　⊙

残红树**头**，流水溪**头**。百六楚风酸，三月吴姬瘦。
　　　⊙　　　　　⊙　　　　　　　　　　　　　△

这支曲子只有起句和歇拍前一句未用韵，其馀六句都用《中原音韵》第十六部"尤侯"韵，平仄通押。其中三个四字句重复以"头"字为韵，不但无重复之感，而且更见别致。

〔南吕〕一枝花　春雨　〔元〕马彦良

润夭桃灼灼红，洗芳草茸茸翠。蝶愁扇香粉翅，莺
　　　　　　　　　　　　　　　　△
怕展缕金衣，堪恨堪宜。耽阁酿蜂儿蜜，喜调和燕子
　　　　　衣　　　⊙　　　　　　　　　△
泥。游春客怎把芳寻，斗巧女难将翠拾①。
⊙　　　　　　　　　　　　　　　⊙

　　〔梁州〕看一阵阵锁层峦行云岭北，一片片泛桃花
　　　　　　　　　　　　　　　　　　　△
流水桥西。我醉来时怎卧莎茵地。难登紫陌，怎着罗
　　　⊙　　　　　　　　△
衣。乾坤惨淡，园苑岑寂②。每日家阴雨霏霏，几曾见
⊙　　　　　　　　　　　　　　　　△
丽日迟迟。辛苦杀老树头憎妇鸣鸠，凄凉也古墓上催春
　　⊙
子规，阑散了绿阴中巧舌黄鹂。酒杯，食櫑（léi），可
　　⊙
怜不见春明媚。正合着襄阳小儿辈，笑杀山翁醉似泥。
　　　　△　　　　　　　　△　　　　　　　　　⊙
四野云迷。
　　⊙

　　〔尾〕叮咛这雨声莫打梨花坠，风力休吹柳絮飞，
　　　　　　　　　　　△　　　　　　　　　⊙
留待晴明好天气，穿一领布衣，着一对草履，访柳寻春
　　　　　△　　　　　⊙　　　　　　　　　△
万事喜。
　　△

----

　　①　"拾"字是旧读入声字，属平水韵入声"十四缉"韵部，在《中原
音韵》中属"齐微"韵部派作阳平声。
　　②　"寂"字是旧读入声字，属平水韵入声"十二锡"韵部，在《中原
音韵》中属"齐微"韵部派作阳平声。

这首套曲由三支小令组成，用《中原音韵》第四部"齐微"韵，一韵到底，平仄通押。正调《一枝花》九句中有两句不用韵；《梁州》十八句有三句不用韵；尾声六句全部用韵。可见曲的韵位比诗词的韵位都密。

这首套曲中有重韵出现："衣"字在两支正调和尾声中三次作为韵脚，"泥"字在两支正调中作为韵脚。

曲的用韵虽然是平仄通押，但押韵的句子是押平韵或押仄韵，且仄韵中是押上声韵还是押去声韵，过去的曲谱中都有规定。不过有的曲子中的某些韵脚，也可灵活安排平仄。明代戏曲理论家王骥德在他所著的《曲律》中说：

> 押韵有宜平而亦可用仄者，有宜仄而亦可用平者，有宜平不得已而以上声代之者。韵脚不宜多用入声代平上去字。一调中有数句连用仄声者，宜一上一去间用。

这些话都是经验之谈。

在曲中，上声字可以代替平声字用。

二、平仄安排

曲的句子基本上是律句，和近体诗句与词句一样，要求句子中间节拍所在的字做到平仄交错使用。至于词句中的一字豆规则，也适用于曲。试看以下例子：

〔**正宫**〕**塞鸿秋**　　〔元〕郑光祖

雨馀梨雪开香玉，风和柳线摇新绿，日融桃锦堆红
一　｜　一△　　　一　｜　一△　　　　｜　一　一

树，烟迷苔色铺青褥。王维旧画图，杜甫新诗句，怎相
△　｜　一　｜　一△　　一　｜⊙　　｜　一一△　·

逢不饮空归去。
一　｜　一△

这支曲子通篇是律句，结句"怎"字是领句字。用《中原音
韵》第五部"鱼模"韵，句句用韵，平仄通押。

〔**越调**〕**小桃红**　立春遣兴　〔元〕乔　吉

土牛泥软润滋滋，香写宜春字，散作芳尘满街市，
一　｜　一⊙　　｜　一　一△　　一　｜　一　一△

洒吟髭。老天也管闲公事：春风告示，梅花资次，攒到
一⊙　　｜　一　｜　一△　　一　一△　　一　一△　　｜

北边枝。
一⊙

这支曲子八句之中，只有第三句是拗句，但也是近体诗中常
见的拗律句。用《中原音韵》第三部"支思"韵，句句用韵，
平仄通押。

从以上两例可以知道，曲的句子是要求使用律句的。

但是曲句的平仄安排并不仅限于在节拍上做到平仄交
错，还要求句中的某些平声字分别阴阳，仄声字要分别上、
去，如不分别清楚，称为"拗嗓"，意思为嗓子不顺畅而不
能演唱。

《中原音韵》的作者周德清，对曲句的平仄安排有精湛的研究，他在书中对平声字的阴阳运用有以下的论述：

> 《点绛唇》首句韵脚必用阴字，试以"天地玄黄"为句歌之，则歌"黄"字为"荒"字，非也；若以"宇宙洪荒"为句，协矣。盖"荒"字属阴，"黄"字属阳也。……《寄生草》末句七字内，第五字必用阳字，以"归来饱饭黄昏后"为句，歌之协矣；若以"黄昏后"歌之，则歌"昏"字为"浑"字，非也。盖"黄"字属阳，"昏"字属阴也。

照周德清的说法，阴平声字和阳平声字，在曲的句子的某些部位是不能随便使用的。

曲中用字的平仄安排，也有许多烦琐的规矩。《曲律》中指出：

> ……其用法，则宜平不得用仄，宜仄不得用平，宜上不得用去，宜去不得用上，宜上去不得用去上，宜去上不得用上去，上上，去去，不得叠用，单句不得连用四平、四上、四去、四入……

可见曲中用字对四声的限制，比词更为严格。

下面从明朝初年朱权著的《太和正音谱》中录一首小

令为例，看看当年对曲子中平仄用字的严格要求。原文是直排，无标点，其他根据原样。

〔双调〕折桂令　　〔元〕张可久

葛花袍纸扇芭蕉，两袖仙风，万古诗豪。富贵劳
作上平 平 上 去 平平　　　上 去 平平　　　去 上 平平　　　去 去 平

劳，功名小小，车马朝朝。算只有青山不老，是谁
平　 平平上上　 平上平平　　去作上上平 平作上上　 去平

教白 发相饶！休负良宵，百 斛金波，一 曲琼箫。
平作平作上平平　 平去平平　　作上作平平 平　作上作上平平

这就是《折桂令》的标准格式。后人用这个曲牌，就得按照曲牌中注明的平仄声调和韵位用字，不能违反。

当年的曲子在平仄安排上要求如此严格，主要是为了适应演唱的需要。自从曲和音乐分离以后，曲既不是供演唱用的，过去曲句中平仄安排的一些苛细的清规戒律，也就不必处处恪守了。

三、对仗

曲中凡是上下句字数相同的，作者多用对仗形式，以加强艺术效果。周德清说："逢双必对，自然之理，人皆知之。"王骥德说："凡曲遇有对偶处，得对方见整齐，方见富丽。……当对不对，谓之草率；不当对而对，谓之矫强。"可见对仗在曲中所占的分量。

曲中从三字到七字以上的多字句，都有对仗句子。下面举一些例子。

三字对：

> 松杉翠
>
> 茉莉香
>
> （〔元〕贯云石〔双调〕《寿阳曲》）

> 南亩耕
>
> 东山卧
>
> （〔元〕关汉卿〔南吕〕《四块玉》）

四字对：

> 春山淡淡
>
> 秋水盈盈
>
> （〔元〕赵孟𫖯〔黄钟〕《人月圆》）

> 红杏香中
>
> 绿杨影里
>
> （〔元〕王伯成〔越调〕《斗鹌鹑》）

五字对：

当垆心既有

题柱志须酬

（〔元〕马致远〔大石调〕《青杏子》）

花边停骏马

柳外缆轻舟

（〔元〕关汉卿〔正官〕《白鹤子》）

六字对：

沽酒春衣自典

思家客子谁怜

（〔元〕张可久〔双调〕《折桂令》）

岸边烟柳苍苍

江上寒波漾漾

（〔元〕姚燧〔中吕〕《醉高歌》）

七字对：

阳气盛冰消北岸

暮云遮日落西山

（〔元〕贯云石〔中吕〕《醉高歌过红绣鞋》）

见杨柳飞绵滚滚

对桃花醉脸醺醺

（〔元〕王德信〔中吕〕《十二月过尧民歌》）

八字对：

待杨柳晴春风跃马

且桂华凉夜月乘槎

（〔元〕乔吉〔双调〕《折桂令》）

碧幽幽天高少雁书

绿湛湛水阔无鱼信

（〔元〕王晔〔双调〕《雁儿落》）

九字对：

悬河口紧闭山水间潜

经纶手忙抄尘世上闪

（〔元〕曾瑞〔中吕〕《卖花声煞》）

直推到几时休几时休

每日价频发愿频发愿

（〔元〕无名氏〔双调〕《沉醉东风》）

十字对：

六踢儿收拾收拾的稳到

科范儿掸荡掸荡的坚牢

（〔元〕邓玉宾〔仙吕〕《青歌儿》）

休只管妆添泽国三秋景

我则怕狼藉江乡一夜冰

（〔元〕吕天用〔南吕〕《随尾》）

曲中还有多于十个字的对仗。这种对仗只出现在套曲和杂剧中，很少见于小令。下面试举几例。

十一字对：

披一领熬日月耐风霜道袍

系一条锁心猿拴意马环绦

（〔元〕张养浩〔双调〕《沉醉东风》）

长叹吁短叹吁舒心儿自解

有缘分无缘分哑谜儿难猜

（〔元〕汤式〔双调〕《天香引》）

十二字对：

张玩着辋川图四壁烟云驰骤

拨刺着峄阳琴一帘风雨飕飖

（〔元〕汤式〔南吕〕《一枝花》）

汤式还有十三字对偶句：

学不得秦萧史跨彩凤重登凤台

赶不上晋刘晨采云芝再入天台

曲中另有十四字对偶句，如元人刘庭信作的〔双调〕《水仙子》中的这么两句：

恨重叠重叠恨恨绵绵恨满晚妆楼

愁积聚积聚愁愁切切愁斟碧玉瓯

曲中还有个别的十七字对偶句，如元人兰楚芳作的〔中吕〕《二煞》中的以下两句：

我便有那孙思邈千金方也医不可相思病

你便有那女娲氏五彩石也补不完离恨天

曲的对仗中也有扇对这种形式：

心事匆匆，斜倚云屏愁万种

襟怀冗冗，半欹鸳枕恨千重

〔〔元〕姚燧〔双调〕《驻马听》）

曲中使用对仗，也如词中使用对仗一样，并非格律所规定，所以同一个曲牌的某些句子，有的作者是用的对偶句，而有的作者就不是这样。如〔双调〕《沉醉东风》这个曲牌，上面所举九字对和十一字对两例，都是对偶句；但元人徐琰在使用同一曲调时，与前两例相同位置的句子就没有用对偶句。再如〔双调〕《驻马听》这个曲牌，起首四句一般多用扇对形式，但郑光祖用同一曲调作的《秋闺》，这四句就未用对偶句。

四、衬字

衬字是曲句在曲谱规定字数之外增加的字。前面第十三讲"词的句式"第二节中介绍的"增字句"，曾举欧阳炯在《江城子》词中于词牌规定的字数以外增加字，和李清照在《行香子》词中出现的相似情况，那都属于衬字性质。只是当时词人使用衬字的情况还不普遍。到了曲兴起以后，由于曲的口语化，曲的作者在曲中尤其是在剧曲中普遍使用衬字，使词意更加明白，声情愈形生动，有助于增加感染力，所以衬字形成曲的一大特色。

曲中使用衬字，北曲多于南曲，南曲较少用衬字。由于衬字与曲子演唱有直接关系，而南曲每支曲子的板式是固定的，加了衬字而不加板，就不便演唱。北曲的板式不是固定的，板式的疏密随曲文的长短而定，因此可以随意增加衬字，而板式都能与之配合，不致影响演唱。

根据元曲的实际情况，套数用衬字多，小令用衬字少；剧曲的衬字多，散曲的衬字少；对口曲衬字多，大曲衬字少。王骥德认为曲的句子从一字到七字为止；《虞美人》调有九字句，属于引曲。他认为八字十字以外都是衬字。

衬字只能加在句子开头或中间，不能加在句尾。曲句中以不加衬字为好；即便加衬字也不能太多，太多就造成喧宾夺主，主次不分了。元代剧曲有的曲子所加的衬字数多于本文，这并不足为法。

下面举三首加了衬字的小令为例。曲中用黑体字的是衬字。

〔仙吕〕三番玉楼人　　〔元〕无名氏

风摆檐前马，雨打**响**碧窗纱，枕剩衾寒没乱煞①。
　　　　　　△　　　　　⊙　　　　　　　　△

不着我题名儿骂。暗想他，**忒**情杂②，等来家，好生**的**
　　　　　　△　　　　　⊙　　　　⊙　　　⊙　　　⊙

———

① “煞”字是旧读入声字，属平水韵“八黠”韵目，《中原音韵》归第十三部“家麻”韵，派入上声。

② “杂”字是旧读入声字，属平水韵“十五合”韵目，《中原音韵》归“家麻”韵，派入平声。

歹斗咱。**我将那厮**脸儿上不抓，耳轮儿揪罢，**我问你昨**
夜宿谁家。

这支曲共十一句，用《中原音韵》第十三部"家麻"韵，平
仄通押，其中"家"字是重韵。曲中有六句用了衬字。"我
将那厮"句原句只有四字，而衬字却有五字。从全曲所加的
衬字来看，足以补原句意思之不足，确有必要。

〔双调〕驻马听　　〔元〕景无启

骄马吟鞭，**我是个**酒社诗坛小状元。舞裙歌扇，**伴**
着个风花雪月玉天仙。**我把**紫霜毫书满碧云笺，**他撮着**
泥金袖绣**彻**红绒线。正当年，一团**儿**娇艳堪人羡。

这支曲共八句，用《中原音韵》"先天"韵。八句中只有一
个三字句和两个四字句未加衬字，其馀五个七字句都加了衬
字，所加的衬字也都在句首或句中。从全曲来看，所加的衬
字也都是必要的。

〔正宫〕塞鸿秋　　〔元〕贯云石

战西风几点宾鸿至，**感起我**南朝千古伤心事。**展花**
笺欲写几句知心事，**空教我**停霜毫半晌无才思。往常得

兴时，一扫无瑕疵，**今日个病厌厌刚**写下两个相思字。
　　⊙　　　　　　　　　⊙　　　　　　　　　　　　△

这支曲共七句，用《中原音韵》第三部"支思"韵，句句用韵，平仄通押，其中第二、三句重韵。曲中除两个五字句而外，其馀五句都加了衬字，末句的衬字有七个，与原句字数相等。曲中的衬字都加在句头或句子中间，也都是必要的。

衬字不拘平仄，随意使用平声字或仄声字都行，如前面第一例第四句用的三个衬字"不着我"是三个仄声字，第九句的衬字"我将那厮"是仄平仄平。第二首有三句都在句首用三个字作衬字，其中"我是个"、"伴着个"都是三个仄声字，"他撮着"是一平二仄，第三首第二句"感起我"是三仄；末句七个衬字也不是按律句要求安排平仄。

曲句在节拍上安排平仄时，应把衬字除开，因为衬字不作为节拍计算。

五、其他规则

曲也是格律诗的另一种形式，所以在近体诗中适用的一些规则，有不少也适用于曲。

除了前面四节介绍的基本格律而外，还有几点值得注意。

（一）避免孤平。照王骥德的说法，曲句的正常句式是一字到七字句。而近体诗只有五言和七言两种形式，所以曲句中避免孤平，指五字到七字句而言，句中的平声字不能少于两个。曲句中也有并非加上衬字的七字以上的句子，凡属这类句子，句中的平声字至少要占半数。

近体诗句中使用的孤平拗救方式，同样适用于曲句。

（二）独立的三字句和句末避免三平或三仄。

（三）曲中也有领句字（一字豆）句式，安排句中平仄时，须将领句字除开。

曲和词一样，它不是齐言诗，而主要是长短句体，所以近体诗句子间平仄对立和平仄相粘这些规则，就不适用于曲了。

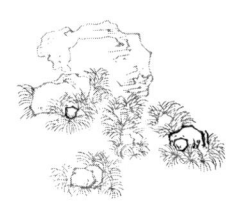

附　录

一、词牌例释

　　为了便于读者熟悉词牌和欣赏前代词人的名作，这里按常见的词牌，选录前人所作的一些比较著名的词，并给每首词的字注明平仄声调；凡是用韵的字，则加韵脚符号；对可平可仄的字，也都用符号注明。以这个方式代替词谱，既熟悉了词牌，也欣赏了作品。

　　选用的词牌共六十调，都是历代词人比较常用的，其中以小令占多数，其次是中调，属于长调的只有十二个。这是考虑到小令和中调的用韵位置比较密，音乐性较强，易读易记，而长调比较起来就差一些。凡属一调多体的，这里只选常见的一种，即一般称为"正体"的；至于"别体"，除个别词调外，一般都不选录。一调多名的词牌，只用它常用的名称；如果别名也是比较常见的，则在释文中说明。

　　所选的词牌，一般举两首词为例，少数的词牌也酌量多选一首，这是为了便于读者多欣赏一些前人的作品，进而更具体地知道一首词必须依照词牌的格式处理，不是随便凑足字数就行的。每个词牌的字数、句式、用韵情况和其他有需要交代的地方，都加上说明。

各个词牌，按平韵格、仄韵格、平仄转韵格分类；在每一类中再按小令、中调和长调的顺序介绍。

须得说明的是，在词句中对某一字标出的可平可仄符号，是在两种情况之下加上的：一种是按格律规定，某字可平可仄。所谓按格律规定，是指按照近体诗的格律，即以近体诗的律句为标准，并在词中有所根据的。因此，这一类可平可仄的字，一般都是句中的单数字，也就是并非节拍所在的字。这种情况占多数。

另一种情况是根据这一词句的特殊句式，如一字豆或三字领句式。凡属这类句式，句中的平仄安排须作相应的变动，因而只能按这个词句的具体情况，注明哪一些字可平可仄。

在一句中，往往有几个可平可仄的字。凡属这种情况，对每一个可平可仄的字，也都标上符号。但这只是指某一字在本句中是可平可仄，不一定是这一句所有的可平可仄字可以全部同时改动。其中有一些句子的可平可仄字，是可以全部同时改动的，而有的句子如全部改动，或改动得不适当，就会出现孤平，或出现三字句、三字尾全平全仄等失律情况。属于这种句子，就要根据实际情况决定某一字的平仄是否宜于改动。总的说来，尽管句中的某些字属于可平可仄，也要照顾到全句不致失律，才能作些改变。下面举一些例子说明。

三字句如：

吴楚地，东南坼。
⊖①｜　⊖⊖｜

（辛弃疾《满江红》）

谈笑里，定齐鲁。
⊖①｜　①⊖｜

（刘克庄《贺新郎》）

这种句子，前两字都是可平可仄的字。但"吴楚地"句如只改动第一字而不改动第二字，就成三仄句，所以要么第一、二字都改动，要么只改动第二字。"东南坼"句如前两个平声字都改动，也成了三仄句，只能改动一个字。"谈笑里"句和"吴楚地"句情况相同。"定齐鲁"句，要么第一、二字都改动，要么只改动第一字；如只改动第二字，就成三仄句。

四字句如：

一天风露。
①⊖⊖｜

（范成大《忆秦娥》）

人在天涯。
⊖｜⊖一

（周紫芝《朝中措》）

这两个句子，第一、三两字都是可平可仄的字。但是上一句如果只改动第三字而不改动第一字，句中只有一个平声字，会减低音乐效果。因此，要改就得两字全改。而下一句恰好相反，如果两字全改，就只剩一个平声字，所以只能在两字中任改一字。

五字句如姜夔的《点绛唇》中的以下两句：

残柳参差舞。
⊖｜⊖ —｜
拟共天随住。
⊙｜⊖ —｜

上一句如把第一、三两字的平仄都改动，就会出现孤平。而下一句如果改动第三字的平仄，也会出现孤平，必须连第一字也同时改动。

六字句如刘辰翁的《霜天晓角》中的两句：

想见登高无处，
⊙｜⊖ —⊖｜
多谢白衣迢递，
⊖｜⊙ —⊖｜

两句中都有两个平声字可以改用仄声、一个仄声字可以改用平声。如果只改动两个平声字为仄声，就会出现孤平。所以只能改动一个平声字为仄声，或是把一个仄声字和两个平声字同时改动。

从以上情况可以知道，凡属句中的可平可仄的字，只是在一定情况下才可灵活运用，也就是说，必须在避免孤平和避免三字句、三字尾出现全平全仄，照顾到全句合律时，才能变更平仄安排。

第一部　平韵格

十六字令　　〔宋〕蔡　伸

归，猎猎薰风展绣旗。拦教住，重举送行杯。
⊙　①｜⊖－｜｜⊙　⊖－⊖｜　⊖｜｜－⊙

十六字令　　〔元〕周晴川

眠，月影穿窗白玉钱。无人弄，移过枕函边。
⊙　①｜⊖－｜｜⊙　⊖－⊖｜　⊖｜｜－⊙

这个词牌是单调，只有十六个字，所以叫《十六字令》，又名《苍梧谣》。用一个平声韵。《十六字令》是字数最少的词牌。虽然万树在《词律》中收有两句七言十四字的《竹枝词》，但那不能算一首完整的词，所以最短的词应是《十六字令》。

渔歌子　　〔唐〕张志和

西塞山前白鹭飞，桃花流水鳜鱼肥。青箬笠，绿蓑
⊖｜⊖－①｜⊙　⊖－⊖｜｜－⊙　－①｜　①⊖

衣，斜风细雨不须归。
⊙　⊖－①｜｜－⊙

渔　父　〔后唐〕和　凝

白芷汀寒立鹭鸶，蘋风轻剪浪花时。烟幂（mì）幂，
①｜⊖－｜｜⊙　⊖－⊖｜｜－⊙　－①｜

日迟迟，香引芙蓉惹钓丝。
｜⊖⊙　⊖｜⊖－｜｜⊙

这个词牌一名《渔歌子》，又名《渔父》，本是专写渔人生活的。单调，二十七字，用一个平声韵。两首词的歇拍①句，平仄安排不同：前一首是平起"平平仄仄仄平平"，后一首是仄起"（平）仄平平仄仄平"，但都是律句。这也说明，同一词牌的相同位置的词句，在平仄安排上有一定的灵活性。

捣练子　〔南唐〕李　煜

深院静，小庭空，断续寒砧断续风。无奈夜长人不
－｜｜　｜－⊙　①｜⊖－｜｜⊙　⊖｜①－－

寐，数声和月到帘栊。
｜　①⊖⊖｜｜－⊙

捣练子　〔宋〕贺　铸

收锦字，下鸳机，净拂床砧夜捣衣。马上少年今健
－｜｜　｜－⊙　①｜⊖－｜｜⊙　①｜①－－｜

否？过瓜时见雁南归。
｜　①－⊖｜｜－⊙

———————

① 词的末了一句节拍停止，所以这一句称"歇拍"，也称"结句"。

《捣练子》又称《捣练子令》，单调，二十七字，用一个平声韵。如果开头两个三字句改为七言平起句，就是一首七言绝句。

忆王孙　春词　〔宋〕李重元

萋萋芳草忆王孙，柳外楼高空断魂。杜宇声声不忍
⊖一⊖｜｜一⊙　　①｜⊖一⊖｜⊙　　①｜⊖一｜｜

闻。欲黄昏，雨打梨花深闭门。
⊙　｜一⊙　①｜⊖一⊖｜⊙

忆王孙　〔宋〕辛弃疾

登山临水送将归，悲莫悲兮生别离。不用登临怨落
⊖一⊖｜｜一⊙　　①｜⊖一⊖｜⊙　　①｜⊖一｜｜

晖。昔人非，惟有年年秋雁飞。
⊙　｜一⊙　⊖｜⊖一⊖｜⊙

《忆王孙》这个词牌三十一字，平韵单调，每句用韵。

忆江南　〔唐〕刘禹锡

春去也！多谢洛城人。弱柳从风疑举袂，丛兰浥露
一①｜　⊖｜｜一⊙　　①｜⊖一一｜｜　　⊖一①｜

似沾巾。独坐亦含颦。
｜一⊙　①｜｜一⊙

望江南　超然台作　〔宋〕苏　轼

春未老，风细柳斜斜。试上超然台上看，半壕春水
一①｜　⊖｜｜一⊙　　①｜⊖一一｜｜　　①｜⊖｜

一城花，烟雨暗千家。　寒食后，酒醒却咨嗟。休对
｜一⊙　⊖｜｜一⊙　　一①｜　①｜｜一⊙　⊖｜

故人思故国，且将新火试新茶，诗酒趁年华。
⊙ — — | |　　⊙ — ⊖ | | — ⊙　　⊖ | | — ⊙

这个词牌最初是单调，从北宋时起有双调。单调二十七字，双调是单调的重复。都是用一个平声韵。有《忆江南》、《望江南》、《梦江南》、《望江梅》、《江南好》等不同的名称。

长相思　〔南唐〕李　煜

一重山，两重山，山远天高烟水寒。相思枫叶
| — ⊙　| — ⊙　⊖ | ⊖ — ⊖ | ⊙　⊖ — ⊖ |

丹。　菊花开，菊花残，塞雁高飞人未还。一帘风月闲。
⊙　　| — ⊙　| — ⊙　⊖ | ⊖ — ⊖ | ⊙　⊙ | ⊖ | ⊙

长相思　雨　〔宋〕万俟咏

一声声，一更更，窗外芭蕉窗里灯。此时无限
| — ⊙　| — ⊙　⊖ | ⊖ — ⊖ | ⊙　⊙ — ⊖ |

情。　梦难成，恨难平，不道愁人不喜听。空阶滴到明。
⊙　　| — ⊙　| — ⊙　⊙ | ⊖ — ⊖ | ⊙　⊖ — ⊙ | ⊙

《长相思》调，是平韵双调，三十六字，上下阕句数和字数相同。前一首过片句的"开"字，属词韵第五部"街蟹"韵，在这里与第七部"元阮"韵通押。全首每句用韵。

浣溪沙　〔五代〕孙光宪

蓼岸风多橘柚香，江边一望楚天长，片帆烟际闪孤
⊙ | ⊖ — ⊙ | ⊙　⊖ — ⊙ | | — ⊙　⊙ — ⊖ | |

光。　目送征鸿飞杳杳，思随流水去茫茫，兰红波碧
⊙　　⊙ | ⊖ — — | |　⊙ — ⊖ | | — ⊙　⊖ — ⊖ |

忆潇湘。
| 一 ⊙

浣溪沙　　〔宋〕张元幹

山绕平湖波撼城，湖光倒影浸山青，水晶楼下欲三
⊖ | ⊖ 一 | ⊙　 ⊖ 一 ① | | 一 ⊙　 ① 一 ⊖ | | 一

更。　　雾柳暗时云度月，露荷翻处水流萤，萧萧散发
⊙　　　 ① | ① 一 一 | |　 ① 一 ⊖ | | 一 ⊙　 ⊖ 一 ① |

到天明。
| 一 ⊙

浣溪沙　红桥　　〔清〕王士禛

北郭清溪一带流，红桥风物眼中秋，绿杨城郭是扬
① | ⊖ 一 ① | ⊙　 ⊖ 一 ⊖ | | 一 ⊙　 ① 一 ⊖ | | 一

州。　　西望雷塘何处是，香魂零落使人愁，淡烟芳草
⊙　　　 ⊖ | ⊖ 一 一 | |　 ⊖ 一 ⊖ | | 一 ⊙　 ① 一 ⊖ |

旧迷楼。
| 一 ⊙

《浣溪沙》又作《浣溪纱》、《浣沙溪》。四十二字，平韵双调，
上下片都是七言三句，下片起句不用韵。

采桑子　　〔宋〕欧阳修

群芳过后西湖好，狼籍残红。飞絮蒙蒙，垂柳阑干
⊖ 一 ① | 一 一 |　 ⊖ | 一 ⊙　 ⊖ ① 一 ⊙　 ⊖ | ⊖ 一

尽日风。　　笙歌散尽游人去，始觉春空。垂下帘栊，
| | ⊙　　　 ⊖ 一 ① | 一 一 |　 ① | 一 ⊙　 ⊖ | 一 ⊙

双燕归来细雨中。
⊖ | ⊖ 一 | | ⊙

采桑子　〔宋〕朱敦儒

扁舟去作江南客，旅雁孤云。万里烟尘，回首中原
　⊖　—　①　│　—　—　│　　①　│　—　⊙　　①　│　—　　⊖　│　⊖　—

泪满巾。　　碧山相映汀洲冷，枫叶芦根。日落波平，
│　│　⊙　　　　①　—　⊖　│　—　—　│　　⊖　│　—　⊙　　①　│　—　⊙

愁损辞乡去国人！
⊖　│　⊖　—　│　│　⊙

《采桑子》调又名《丑奴儿》，是上下片句式相同的平韵双调，四十四字。上下片的第二、三句，有的用叠句。后一首词是用词韵第六部"真轸"韵和第十一部"庚梗"韵通押。

诉衷情　〔宋〕黄庭坚

小桃灼灼柳鬖（sān）鬖，春色满江南。雨晴风暖
①　—　①　│　—　—　　　　　⊙　　⊖　│　│　⊙　　①　│　—　—

烟淡，天气正醺酣。　　山泼黛，水挼（ruó）蓝，翠
—　│　　⊖　│　│　—　⊙　　　　—　│　│　　│　—　⊙　　①　│

相挼。歌楼酒旆，故故招人，权典青衫。
—　⊙　　—　—　①　│　　⊖　│　—　—　　①　│　—　—

诉衷情　〔宋〕陆　游

当年万里觅封侯，匹马戍梁州。关河梦断何处，尘
⊖　—　①　│　│　—　⊙　　①　│　│　—　⊙　　⊖　⊖　①　①　—　│

暗旧貂裘。　　胡未灭，鬓先秋，泪空流。此生谁料，
│　│　⊖　⊙　　　　—　│　│　　│　—　⊙　　│　—　⊙　　①　—　⊖　│

心在天山，身老沧洲。
⊖　│　—　—　　⊖　│　—　⊙

这一词牌是平韵双调，四十四字，上下阕句式不同。上阕第三句习惯上多用拗句，即节拍所在的第二、四、六字，都作

"平仄仄"；如改为律句，应是"仄平仄"，全句则为"（仄）仄（平）平（仄）仄"。

画堂春　〔宋〕赵长卿

小亭烟柳水溶溶，野花白白红红。恼人池上晚来
⊙－⊖｜｜－⊙　⊙－⊖｜－⊙　⊙－⊖｜｜－
风，吹损春容。　　又是清明天气，当年小院相逢。凭
⊙　⊖⊖｜－⊙　　⊙｜⊖－⊖｜　⊖－⊙｜－⊙　⊖
栏幽思几千重，残杏香中。
－⊖｜｜－⊙　⊖⊖｜－⊙

画堂春　〔宋〕毛　开

华灯收尽雪初残，踏青还尔游盘。落梅强半已飞
⊖－⊖｜｜－⊙　⊙－⊖｜－⊙　⊙｜⊖－⊖｜｜－
翻，铲地春寒。　　多病故人日远，几时双燕来还。可
⊙　⊙｜－⊙　　⊖｜⊙－｜｜　⊙－⊖｜－⊙　⊙
怜楼上一凭栏，不见长安。
－⊖｜｜－⊙　⊙｜⊖－

此词牌平韵双调，四十七字。上片起句七字，较换头句多一
字，其馀各句上下片句式相同。全词八句，除换头一句，其
馀七句都用韵。

阮郎归　〔宋〕晏几道

天边金掌露成霜，云随雁字长。绿杯红袖趁重阳，
⊖－⊖｜｜－⊙　⊖－｜｜－⊙　⊙｜－⊖｜｜⊙
人情似故乡。　　兰佩紫，菊簪黄，殷勤理旧狂。欲将
⊖－｜｜⊙　　－｜｜　｜－⊙　⊖－｜｜⊙　⊙－
沉醉换悲凉，清歌莫断肠。
⊖｜｜－⊙　－｜｜⊙

阮郎归 〔宋〕秦　观

湘天风雨破寒初，深沉庭院虚。丽谯吹罢小单于，
⊖　—　⊖　|　|　—　⊙　　⊖　—　⊖　|　⊙　　①　—　⊖　|　|　—　⊙

迢迢清夜徂。　　乡梦断，旅魂孤，峥嵘岁又除。衡阳
⊖　—　⊖　|　⊙　　　—　|　|　　|　—　⊙　　⊖　—　|　|　⊙　　⊖　—

犹有雁传书，郴阳和雁无。
⊖　|　|　—　⊙　　—　—　⊖　|　⊙

此调四十七字，平韵双调。起句是七字句，换头改为两个三字句，其馀句式上下片相同。除换头第一个三字句不用韵而外，其馀每句用韵。

朝中措　平山堂　〔宋〕欧阳修

平山栏槛倚晴空，山色有无中。手种堂前垂柳，别
⊖　—　⊖　|　|　—　⊙　　⊖　|　|　—　⊙　　①　|　—　—　⊖　|　　①

来几度春风。　　文章太守，挥毫万字，一饮千钟。行
—　①　|　—　⊙　　　—　—　⊖　|　　⊖　—　①　|　　①　|　—　⊙　　⊖

乐直须年少，尊前看取衰翁。
|　①　—　⊖　|　　⊖　—　⊖　|　—　⊙

朝中措　〔宋〕周紫芝

黄昏楼阁乱栖鸦，天末淡微霞。风里一池杨柳，月
⊖　—　⊖　|　|　—　⊙　　⊖　|　|　—　⊙　　⊖　|　①　—　⊖　|　　①

边满树梨花。　　阳台路远，鱼沉尺素，人在天涯。想
—　①　|　—　⊙　　　⊖　—　⊖　|　　⊖　—　①　|　　⊖　|　—　⊙　　①

得小窗遥夜，哀弦拨断琵琶。
|　①　—　⊖　|　　⊖　—　①　|　—　⊙

这个词牌是平韵双调，四十八字。上阕起首二句十二字，下阕换头改作三个四字句。上下片末二句句式相同。

摊破浣溪沙　〔南唐〕李　璟

菡（hàn）萏（dàn）香销翠叶残，西风愁起绿波
　① 　　｜　　⊖ － ｜ ｜ ⊙　　⊖ － ⊖ ｜ ｜ －

间。还与韶光共憔悴，不堪看。　　细雨梦回鸡塞远，
⊙　 ⊖ ｜ ｜ － － ｜ ｜ ⊙　　⊖ ｜ ⊖ － － ｜ ｜

小楼吹彻玉笙寒。多少泪珠何限恨，倚阑干。
① － ⊖ ｜ ｜ － ⊙　⊖ ｜ ⊙ － － ｜ ｜ 　 ① － ⊙

摊破浣溪沙　潭上夜归　〔宋〕刘辰翁

醉里微寒著面醒，天风不展帽檐倾。行过溪深松雪
① ｜ ⊖ － ｜ ｜ ⊙　　⊖ － ① ｜ ｜ － ⊙　　⊖ ｜ ⊖ － － ｜

下，夜三更。　　白白野田铺似月，玵（zōng）玵沙路
｜ 　 ｜ － ⊙　　① ｜ ⊖ － － ｜ ｜　　　　　　 － ⊖ ⊙

踏如冰。不见剡（yǎn）溪三百曲，一舟横。
｜ － ⊙　① ｜ ① ⊙　　 － － ｜ ｜ 　　｜ － ⊙

此调四十八字，平韵双调；是将四十二字的《浣溪沙》上下
片结句各加三个字，改为两句，所以称《摊破浣溪沙》，就
起破开的意思。下片只有第一句不用韵，其他句式上下片都
相同。前一首第三句"还与韶光共憔悴"是拗句，并且是用
的诗律中的"拗救"办法。依正常规则，第五、六字的平仄
声须对调。

太常引　〔宋〕辛弃疾

一轮秋影转金波，飞镜又重磨。把酒问姮娥：被白
① － ⊖ ｜ ｜ － ⊙　⊖ ｜ ｜ － ⊙　　⊖ ｜ ｜ － ⊙　　⊖ ｜

发欺人奈何！　　乘风好去，长空万里，直下看山河。
⊖ － ⊖ ｜ ⊙　　⊖ － ① ｜　　⊖ － ① ｜ 　 ① ｜ ｜ － ⊙

斫去桂婆娑，人道是清光更多。
① ｜ ｜ － ⊙　⊖ ｜ ⊙ － ⊖ ⊖ ① ⊙

192　诗词曲格律讲话

太常引　池荷　〔元〕许有壬

幽人早起赴池亭，初日照娉婷。风盖露珠倾，又胜
⊖　－　⊙　|　|　－　⊙　　⊖　|　|　－　⊙　　⊖　|　|　－　⊙　　⊙　|

似前时雨声。　　水沉香里，锦云深处，双桧插天青。
⊙　－　⊖　|　⊙　　　⊙　|　⊖　|　　⊖　－　⊖　|　　⊖　|　|　－　⊙

一叶钓舟轻，似野渡无人自横。
⊙　|　|　－　⊙　　⊙　|　⊙　|　－　⊖　⊙⊙

此调四十九字，平韵双调。上片开头两句十二字，比过片三句十三字少一字。末二句上下片句式相同。这两首词上下片结句，都是上三下四句式，并都是拗句。

南歌子　〔宋〕吕本中

驿路侵斜月，溪桥度晓霜。短篱残菊一枝黄，正是
⊙　|　－　－　|　　⊖　－　|　|　⊙　　⊙　－　⊖　|　|　－　⊙　　⊙　|

乱山深处过重阳。　　旅枕元无梦，寒更每自长。只言
⊙　－　⊖　|　|　－　⊙　　　⊙　|　⊖　－　|　　⊖　－　|　|　⊙　　⊙　－

江左好风光，不道中原归思转凄凉。
⊖　|　|　－　⊙　　⊙　|　⊖　－　⊖　|　|　－　⊙

南柯子　〔宋〕范成大

怅望梅花驿，凝情杜若洲。香云低处有高楼，可惜
⊙　|　－　－　|　　⊖　－　|　|　⊙　　⊖　－　⊖　|　|　－　⊙　　⊙　|

高楼不近木兰舟。　　缄素双鱼远，题红片叶秋。欲凭
⊖　－　⊙　|　|　－　⊙　　　⊖　|　⊖　－　|　　⊖　－　|　|　⊙　　|　－

江水寄离愁，江已东流那肯更西流。
⊖　|　|　－　⊙　　⊖　|　－　⊙　|　|　|　－　⊙

《南歌子》调，又作《南柯子》，五十二字，平韵双调。上下片各四句，句式相同。两首词上下片结句都是九字句，前

一首是上六下三句式，后一首是上四下五句式。

浪淘沙　〔宋〕欧阳修

把酒祝东风，且共从容。垂杨紫陌洛城东。总是当
⊙ | | — ⊙　⊙ | — ⊙　— — | ⊙ | — ⊙　⊙ | |

时携手处，游遍芳丛。　　聚散苦匆匆，此恨无穷。今
— — | |　⊖ | — ⊙　⊙ | | — ⊙　⊙ | — ⊙　⊖

年花胜去年红。可惜明年花更好，知与谁同！
— ⊖ | | — ⊙　⊙ | — — | |　⊖ | — ⊙

浪淘沙　舟中夜起　〔清〕龚自珍

幽梦四更醒，欸乃声停。吴天月落半江阴。蓦地横
⊖ | | — ⊙　⊙ | — ⊙　— — | | | — ⊙　⊙ | —

吹三孔笛，聘取湘灵。　　螺鬟锁娉婷，烟雾青青。看
— — | |　⊙ | — ⊙　⊖ | | — ⊙　⊖ | — ⊙　⊙

他潮涨又潮平。香草美人吟未了，防有蛟听。
— ⊖ | | — ⊙　⊖ | ⊙ — | | |　— | — ⊙

此调又名《卖花声》，五十四字，平韵双调。上下片各五句，句式相同。唐五代的《浪淘沙》调是七言四句，另有长调《浪淘沙慢》，都是别体。第二首用词韵第十一部"庚梗"韵与第六部"真轸"韵通押。

鹧鸪天　〔宋〕晏几道

彩袖殷勤捧玉盅，当年拼却醉颜红。舞低杨柳楼心
⊙ | — — | | —　⊖ — ⊙ | | — ⊙　| — — | — —

月，歌尽桃花扇底风。　　从别后，忆相逢，几回魂梦
|　⊖ | — — | | ⊙　— | |　| — ⊙　⊙ — ⊖ |

与君同。今宵剩把银釭（gāng）照，犹恐相逢是梦中。
| — ⊙　— — | | ⊙ | — —　| — | — — | | ⊙

鹧鸪天　〔宋〕陆　游

家住苍烟落照间，丝毫尘事不相关。斟残玉瀣（xiè）
〇｜〇—｜｜⊙　　〇—〇｜｜—⊙　　〇—〇⊙｜

行穿竹，卷罢《黄庭》卧看山。　　贪啸傲，任衰残，
——｜　　⊙｜　　⊙——　　｜｜⊙　　—｜｜　　⊙——⊙

不妨随处一开颜。元知造物心肠别，老却英雄似等闲。
⊙｜〇｜｜—⊙　　〇—〇⊙｜——｜　　⊙｜〇—｜｜⊙

鹧鸪天　代人赋　　〔宋〕辛弃疾

陌上柔桑破嫩芽，东邻蚕种已生些。平冈细草鸣黄
⊙｜〇—｜｜⊙　　〇—〇｜｜—⊙　　〇—〇｜｜——

犊，斜日寒林点暮鸦。　　山远近，路横斜，青旗沽酒
｜　　斜日寒林点暮鸦。　　—｜｜　　⊙——　　〇—⊙｜

有人家。城中桃李愁风雨，春在溪头荠菜花。
｜—⊙　　〇—〇｜——｜　　〇｜——｜｜⊙

此调五十五字，平韵双调。除换头两个三字句，其馀七句全
是七字句。如果把两个三字句改为仄起的七言句，就成为一
首完全合律的七律。显然这个词牌是从七律演变来的。词中
上片的第三、四句和换头两个三字句，一般多使用对仗。

南乡子　重九，涵辉楼呈徐君猷　　〔宋〕苏　轼

霜降水痕收，浅碧鳞鳞露远洲。酒力渐消风力软，
〇｜｜—⊙　　⊙｜〇——｜⊙　　〇｜〇—〇｜｜

飕飕，破帽多情却恋头。　　佳节若为酬，但把清尊断
—⊙　　⊙｜〇——｜⊙　　〇｜｜—⊙　　⊙｜——｜

送秋。万事到头都是梦，休休，明日黄花蝶也愁。
｜⊙　　〇｜〇———｜｜　　—⊙　　〇｜——｜｜⊙

南乡子　〔宋〕陆　游

归梦寄吴樯，水驿江程去路长。想见芳洲初系缆，
⊙｜｜—○　⊙｜——｜｜○　⊙｜⊙——｜｜

斜阳，烟树参差认武昌。　　愁鬓点新霜。曾是朝衣惹
—⊙　⊙｜——｜｜○　　⊙｜⊙——○　⊙｜——｜

御香。重到故乡交旧少，凄凉，却恐他乡胜故乡。
｜○　⊙｜⊙——｜｜　—⊙　⊙｜——｜｜○

此调五十六字，平韵双调。上下片句式相同。其中的两字句
有用叠字的，如前一首；也有不用叠字的，如后一首。

小重山　〔宋〕岳　飞

昨夜寒蛩（qióng）不住鸣。惊回千里梦，已三更。
⊙｜——　｜｜○　⊙——｜｜　｜—○

起来独自绕阶行。人悄悄，帘外月胧明。　　白首为功
⊙—｜｜｜—○　—⊙｜　⊙｜｜—○　　⊙｜｜—

名。旧山松竹老，阻归程。欲将心事付瑶筝。知音少，
⊙　⊙——｜｜　｜—○　⊙—⊙｜｜—○　—⊙｜

弦断有谁听！
⊖｜｜—○

小重山　〔宋〕章良能

柳暗花明春事深。小栏红芍药，已抽簪。雨馀风软
⊙｜——⊖—○　⊙——｜｜　｜—○　｜——⊖｜

碎鸣禽。迟迟日，犹带一分阴。　　把酒莫沉吟。身闲无
｜—⊙　—⊖｜　⊖｜｜—○　　⊙｜｜—○　——

个事，且登临。旧游何处不堪寻。无寻处，惟有少年心。
｜｜　｜—○　⊙—⊖｜｜—○　—⊖｜　⊙｜｜—○

《小重山》调五十八字，平韵双调。全词上下片各六句，只

有上片起句比换头句多两个字，其他各句，上下片句式都相同。

临江仙　夜登小阁忆洛中旧游　〔宋〕陈与义

忆昔午桥桥上饮，坐中多是豪英。长沟流月去无
⊙｜⊙一一｜｜　⊙一⊖｜一⊙　⊖一⊖｜｜一
声。杏花疏影里，吹笛到天明。　　二十馀年成一梦，
⊙　⊙一一｜｜　⊙｜｜一⊙　　⊙｜一一｜｜
此身虽在堪惊。闲登小阁看新晴。古今多少事，渔唱起
⊙一⊖｜一⊙　⊖一⊙｜｜一⊙　⊙一一｜｜　⊖｜｜
三更。
一⊙

临江仙　闺思　〔宋〕史达祖

倦客如今老矣，旧时不奈春何！几曾湖上不经过。
⊙｜⊖一⊙｜　⊙一⊖｜一⊙　⊙一⊖｜｜一⊙
看花南陌醉，驻马翠楼歌。　　远眼愁随芳草，湘裙忆
⊙一一｜｜　⊙｜｜一⊙　　远眼愁随芳草，湘裙忆
著春罗。枉教装得旧时多。向来箫鼓地，犹见柳婆娑。
｜一⊙　⊙一⊖｜｜一⊙　⊙一一｜｜　⊖｜｜一⊙

《临江仙》调是平韵双调，上下片句式相同。起句有七字句和六字句两种不同句式。前一首是六十字体，上下片起句七字；后一首是五十八字体，上下片起句六字。六十字的是正体。

一剪梅　〔宋〕李清照

红藕香残玉簟秋。轻解罗裳，独上兰舟。云中谁寄
⊖｜一一｜｜⊙　⊖｜一一　⊙｜一⊙　⊖一⊖｜

锦书来，雁字回时，月满西楼。　　花自飘零水自流。
｜——　⦶｜——　⦶｜—⊙　　⊖｜——｜｜⊙

一种相思，两处闲愁。此情无计可消除，才下眉头，却
⦶｜——　⦶｜—⊙　⦶—⊖｜｜——　⊖｜——　⦶

上心头。
｜—⊙

一剪梅　舟过吴江　〔宋〕蒋　捷

一片春愁待酒浇。江上舟摇，楼上帘招。秋娘渡与
⦶｜——｜｜⊙　⊖｜—⊙　⊖｜—⊙　⊖—⦶｜

泰娘桥，风又飘飘，雨又萧萧。　　何日归家洗客袍。
｜—⊙　⊖｜—⊙　⦶｜—⊙　　⊖｜——｜｜⊙

银字笙调，心字香烧。流光容易把人抛，红了樱桃，绿
⊖｜—⊙　⊖｜—⊙　⊖—⊖｜｜—⊙　⊖｜—⊙　⦶

了芭蕉。
｜—⊙

《一剪梅》调六十字，平韵双调，上下片句式相同。此调既可如前一首的隔句用韵，也可如后一首的每句用韵。

唐多令　〔宋〕吴文英

何处合成愁？离人心上秋。纵芭蕉不雨也飕飕。都
⊖｜｜—⊙　⊖—⊖｜⊙　•⊖—⦶｜｜—⊙　⊖

道晚凉天气好，有明月，怕登楼。　　年事梦中休，花
｜⦶——｜｜　⦶—｜　｜—⊙　　⊖｜｜—⊙　⊖

空烟水流。燕辞归、客尚淹留。垂柳不萦裙带住，漫长
—⊖｜⊙　｜——　⦶｜—⊙　⊖｜⦶——｜｜　⦶⊖

是，系行舟。
｜　｜—⊙

唐多令　　〔宋〕邓　剡

雨过水明霞，潮回岸带沙。叶声寒、飞透窗纱。懊
⊙｜｜—⊙　⊖—｜⊖　⊙⊖—　⊙｜—⊙　⊙

恨西风催世换，更随我，落天涯。　　寂寞古豪华，乌
｜⊖——｜｜　⊙—｜　｜—⊙　　⊙｜｜—⊙　⊖

衣日又斜。说兴亡、燕入谁家。只有南来无数雁，和明
—⊙｜⊙　⊙——　⊙｜—⊙　⊙｜⊖——｜｜　⊖—

月，宿芦花。
｜　｜—⊙

《唐多令》一名《南楼令》，平韵双调，六十字，上下片句
式相同。前一首上片第三句第一字"纵"是增加的衬字，作
一字豆用，领以下七字，而这七字是一般的律句。后一首上
片第三句则用的上三下四句式。

行香子　　山水扇面　　〔元〕张　翥

佛寺云边，茅舍山前，树阴中、酒旆低悬。峰峦空
⊙｜—⊙　⊖｜—⊙　⊙⊖—　⊙｜—⊙　⊖⊖空

翠，溪水清涟。只欠桃花，欠沙鸟，欠渔船。　　无限
｜　⊖｜—⊙　•⊙⊖—　⊙⊖｜　｜—⊙　　⊖｜

风烟，景趣天然。最宜他、隐者盘旋。何人村墅，若个
—⊙　⊙｜—⊙　⊙⊖—　⊙｜—⊙　⊙—⊙　⊙｜

林泉。恰似敧湖，似方口，似斜川。
—⊙　•⊙——　⊙⊖｜　｜—⊙

行香子　　舟宿兰湾　　〔宋〕蒋　捷

红了樱桃，绿了芭蕉。送春归、客尚蓬飘。昨宵谷
⊖｜—⊙　⊙｜—⊙　⊙⊖—　⊙｜—⊙　⊙⊖谷

水，今夜兰皋。奈云溶溶，风淡淡，雨潇潇。　　银字
｜　⊖｜—⊙　•⊖⊖—　⊖⊙｜　⊙⊖⊙　　⊖｜

笙调，心字香烧。料芳悰、乍整还凋。待将春恨，都付
一⊙　⊖｜一⊙　　⊙⊖一　　⊙｜一⊙　　⊖｜

春潮。过窈娘堤，秋娘渡，泰娘桥。
一⊙　•⊙⊖一　⊙⊖｜　⊙⊖⊙

《行香子》调六十六字，平韵双调，上下片句式相同。上下
片中的三字句，除韵位字的平仄声不能改变而外，前两字的
平仄在避免三平三仄的前提下，可以灵活安排。

江城子　密州出猎　〔宋〕苏　轼

老夫聊发少年狂。左牵黄，右擎苍。锦帽貂裘，千
⊙一⊖｜｜一⊙　｜一⊙　｜一⊙　⊙｜一一　　⊖

骑卷平冈。为报倾城随太守，亲射虎，看孙郎。　　酒
｜｜一⊙　⊙｜一一｜｜　一｜⊙　｜一⊙　　　⊙

酣胸胆尚开张。鬓微霜，又何妨。持节云中，何日遣冯
一⊖｜｜一⊙　｜一⊙　｜一⊙　⊖｜一一　　⊖｜｜一

唐！会挽雕弓如满月，西北望，射天狼。
⊙　⊙｜一一｜｜　一⊙｜　｜一⊙

江神子　闻蝉蛙戏作　〔宋〕辛弃疾

簟铺湘竹帐笼纱。醉眠些，梦天涯。一枕惊回、水
⊙一⊙｜｜一⊙　｜一⊙　｜一⊙　⊙｜一一　⊙

底沸鸣蛙。借问喧天成鼓吹，良自苦，为官哪？　　心
｜｜一⊙　⊙｜⊖一｜｜　一⊙｜　｜一⊙　　　⊙

空喧静不争多。病维摩，意云何。扫地烧香，且看散天
一⊖｜｜一⊙　｜一⊙　｜一⊙　⊙｜一一　　⊙｜｜一

花。斜日绿阴枝上噪，还又问：是蝉么？
⊙　⊙｜一一｜｜　一⊙｜　｜一⊙

《江城子》调又名《江神子》，七十字，平韵双调。此调原

系单调，从北宋开始，词人改用双调，以后用单调的就不多见了。后一首的作者辛弃疾在上片用词韵第十部"佳马"韵，但在下片换头三句和结句改用第九部"歌哿"韵，中间又重用"佳马"韵。"佳马"韵和"歌哿"韵本不能通押，但辛弃疾打破常规，作为通押韵用，这种情况，在别人的作品中是罕见的。辛弃疾在这首词中，更使用了地道的口语语气词，新颖别致。

水调歌头　　〔宋〕苏　轼

明月几时有，把酒问青天。不知天上官阙，今夕
⊖　｜⊙一｜　　⊙｜｜⊖　　｜⊖一⊙一｜　　⊖｜

是何年。我欲乘风归去，惟恐琼楼玉宇，高处不胜寒。
｜一⊙　⊙｜｜一一⊖｜　　⊖｜⊖一⊙｜　　⊖｜｜一⊙

起舞弄清影，何似在人间！　　转朱阁，低绮户，照无
⊙｜⊙一｜　　⊖｜｜一⊙　　⊙｜｜　⊖｜｜　｜一

眠。不应有恨，何事长向别时圆？人有悲欢离合，月有
⊙　⊙一⊙｜　　⊖⊙⊖｜｜一⊙　　⊖｜⊖一⊖｜　　⊙｜

阴晴圆缺，此事古难全。但愿人长久，千里共婵娟。
⊖一⊖｜　　⊙｜｜一⊙　　⊙｜一一⊙　　⊙｜｜一⊙

水调歌头　　〔宋〕黄庭坚

瑶草一何碧，春入武陵溪。溪上桃花无数，花上
⊖｜⊙一｜　　⊖｜｜一⊙　　⊖｜⊖一⊖｜　　⊖｜

有黄鹂。我欲穿花寻路，直入白云深处，浩气展虹霓。
｜一⊙　⊙｜一一⊖｜　　⊖｜⊙一⊖｜　　⊙｜｜一⊙

只恐花深里，红露湿人衣。　　坐玉石，敧玉枕，拂金
⊙｜一一｜　　⊖｜｜一⊙　　⊙⊙｜　⊖一｜　｜一

徽。谪仙何处，无人伴我白螺杯。我为灵芝仙草，不为
⊙　⊙｜⊖｜　⊖一｜｜⊙一⊙　　⊙｜⊖一⊖｜　　⊙｜

朱唇丹脸，长啸亦何为！醉舞下山去，明月逐人归。
⊖ — ⊖ |　⊖ | | — ⊙　⊙ | ⊙ — |　⊖ | | — ⊙

此调九十五字，平韵双调。上片开头两个五字句，比下片换头三个三字句多一个字，其馀各句句式上下片相同。上片第三句，用拗句的比较多，前一首的这一句就是拗句，但后一首这一句是用的律句。前一首下片"何事长向别时圆"句是拗句，依律第二字须作平声。此调上片的第三、四句，是上六下五句式，有的用上四下七句式；下片的第四、五句是上四下七句式，有的用上六下五句式。此调中的三字句，平仄安排也比较灵活。

满庭芳　〔宋〕秦　观

山抹微云，天粘衰草，画角声断谯门。暂停征棹，
⊖ | — —　⊖ — ⊖ |　⊙ ⊙ ⊙ | — ⊙　⊙ — ⊖ |
聊共引离尊。多少蓬莱旧事，空回首，烟霭纷纷。斜阳
⊖ | | — ⊙　⊖ | — — | |　⊖ — |　— | — —　⊖ —
外，寒鸦数点，流水绕孤村。　　销魂，当此际，香囊
|　⊖ — | |　⊖ | | — ⊙　　— ⊙　— | |　⊖ —
暗解，罗带轻分。谩赢得、青楼薄幸名存。此去何时
⊙ |　⊖ | — ⊙　⊖ — |　— — ⊖ | — ⊖　⊙ | — —
见也？襟袖上、空惹啼痕。伤情处，高城望断、灯火
⊙ |　⊖ | |　— | — ⊙　⊖ — |　⊖ — ⊖ |　⊖ |
已黄昏。
| — ⊙

满庭芳　夏日溧水无想山作　〔宋〕周邦彦

风老莺雏，雨肥梅子，午阴佳树清圆。地卑山近，
⊖ | — —　⊖ — ⊖ |　⊖ — ⊖ | — ⊙　⊙ — ⊖ |

衣润费炉烟。人静乌鸢自乐，小桥外，新渌溅溅。凭阑
⊖　|　⊖　⊖　⊙　　⊖　|　⊖　⊖　⊖　⊙　　⊙　⊖　|　　⊖　⊖　⊖　⊙　　⊖

久，黄芦苦竹，疑泛九江船。　　　年年，如社燕，飘流
|　　⊖　⊖　|　|　　⊖　|　|　⊖　⊙　　　　⊖　⊙　　⊖　|　|　　⊖　|

瀚海，来寄修椽。且莫思身外，长近尊前。憔悴江南
⊙　|　　⊖　|　⊖　⊙　　•　⊙　⊖　⊖　|　　⊖　|　⊖　⊙　　⊖　⊖　⊖　⊖

倦客，不堪听、急管繁弦。歌筵畔，先安簟枕，容我
⊙　|　　⊙　⊖　⊖　　⊙　|　⊖　⊙　　⊖　⊖　|　　⊖　⊖　|　|　　⊖　|

醉时眠。
|　⊖　⊙

《满庭芳》是平韵双调。九十五字，上片四十八字，比下片多一字。上下片的后六句句式相同。前一首第三句"画角声断谯门"是拗句，第二字依律须用平声。此调中的一些句子，在平仄安排上有灵活性：如前首下片"谩赢得、青楼薄幸名存"这个九字句，除"谩"字是一字豆，以下八字是仄起律句；而后一首相同位置的一句"且莫思身外，长近尊前"，除一字豆"且"而外，其馀八字，前四字是平起，后四字是仄起；又如前一首下片的三字句"襟袖上"，是"平仄仄"句式，而后一首相同位置的一句"不堪听"，是"仄平平"句式。此调换头的两字句，韵脚是句中韵，也可以连下面的三字句作五字句。

八声甘州　寄参寥子　　〔宋〕苏　轼

有情风、万里卷潮来，无情送潮归。问钱塘江上，
|　⊖　⊖　　⊙　|　|　⊖　⊖　　⊖　⊖　|　⊖　⊙　　•　⊖　⊖　⊖　|

西兴浦口，几度斜晖？不用思量今古，俯仰昔人非。
⊖　⊖　⊙　|　　⊙　|　⊖　⊙　　⊙　|　⊖　⊖　⊖　|　　⊙　|　|　⊖　⊙

谁似东坡老，白首忘机。　记取西湖西畔，正春山好

⊖｜－－｜　①｜－⊙　　　①｜⊖－⊙｜　•⊙－①

处，空翠烟霏。算诗人相得，如我与君稀。约他年东还

｜　⊖｜－⊙　•⊖－⊖｜　⊖｜｜－⊙　｜⊖－⊖－

海道，愿谢公、雅志莫相违。西州路，不应回首，为我

①｜　｜①－　①｜｜－⊙　－｜｜　①⊖－｜　｜｜

沾衣。

－⊙

甘　州　〔宋〕张　炎

记玉关踏雪事清游，寒气脆貂裘。傍枯林古道，长

•①①｜－｜①－⊙　⊖①｜－⊙　•⊖－①｜　－

河饮马，此意悠悠。短梦依然江表，老泪洒西州。一字

－⊙｜　①｜－⊙　①｜⊖－⊖｜　①①｜－⊙　①｜

无题处，落叶都愁。　　载取白云归去，问谁留楚佩，

⊖－｜　｜①－⊙　　①｜①－－｜　•⊖－①｜

弄影中洲？折芦花赠远，零落一身秋。向寻常、野桥

①｜－⊙　•⊖－①｜　⊖｜｜－⊙　｜－－　①－

流水，待招来、不是旧沙鸥。空怀感，有斜阳处，却

⊖｜　｜⊖－　①｜｜－⊙　－⊖｜　①｜⊖｜　①

怕登楼。

｜－⊙

此调原名《甘州》，因用八次韵，又称《八声甘州》。九十七字，平韵双调。前一首第二句是拗句，依律第二字须用平声。此两首词中的一字领和三字领的句子都比较多。此调上片的开头两句，第一句八字、第二句五字；但也有第一句用五字，第二句用八字的。下片第六句，是上三下四句式，前三字的平仄可以灵活安排。

木兰花慢　〔宋〕柳　永

拆桐花烂漫，乍疏雨，洗清明。正艳杏烧林，缃 (xiāng)
　⊙ — — | |　　⊙ ⊙ |　　| — ⊙　　• ⊙ | —

桃绣野，芳景如屏。倾城，尽寻胜去，骤雕鞍绀 (gàn)
— ⊙ |　　⊙ | — ⊙　　— ⊙　　| — | |　　• ⊙ — ⊙

幰 (xiǎn) 出郊坰 (jiōng)。风暖繁弦脆管，万家竞奏
|　　| — ⊙　　　⊝ ⊙ — — | |　　⊙ — ⊙ |

新声。　盈盈，斗草踏青人，艳冶递逢迎。向路旁、
— ⊙　　　| —　　⊙ | | — —　　| | | — ⊙　　| ⊙ —

往往遗簪堕珥，珠翠纵横。欢情，对佳丽地，信金罍 (léi)
| | — — | |　　⊝ | ⊙ ⊙　　— ⊙　　⊙ | — |　　• ⊝ —

罄竭玉山倾。拼却明朝永日，画堂一枕春酲 (chéng)。
⊙ | | — ⊙　　⊝ | — — | |　　⊙ — ⊙ | —

木兰花慢　和赵莲澳金陵怀古　〔宋〕王　奕

翠微亭上醉，搔短发、舞缤纷。问六朝五姓，王姬
⊙ — — | |　　— ⊙ |　　| | — ⊙　　• ⊙ | |　　— —

帝胄，今有谁存？何似乌衣故垒，尚年年生长儿孙。今
⊙ |　　⊝ | | — ⊙　　⊝ | — — | |　　| | — — | ⊝ ⊙

古兴亡无据，好将往史俱焚。　招魂，何处觅东山，
| ⊝ — ⊝ |　　⊙ — ⊙ | —　　　— ⊙　　⊙ | | — —

筝泪落清樽。怅石城暗浪，秦淮旧月，东去西奔。休说
⊝ | | — ⊙　　• ⊙ — ⊙ |　　⊝ — ⊙ |　　⊝ ⊙ ⊝ ⊙　　⊝ |

清谈误国，有清谈还有斯文。遥睇新亭一笑，漫漫天际
⊝ — ⊙ |　　| — ⊝ — | — ⊙　　⊝ | — — | |　　⊝ ⊝ — |

江痕。
— ⊙

《木兰花慢》是五十六字的《木兰花》调的扩大，一百零一
字，平韵双调。除上片开头三句共十一字，与换头三句共
十二字的句式不同外，其馀上下片各句句式相同。下片换头

句，一般都是分出二字作二字句用韵，下接五字句。但也有不分出而作为一个七字句的。这两首词一些句子的平仄安排和句式有不同的地方。前一首开头的三字句"乍疏雨"，第二字是平声；后一首同一位置的三字句"搔短发"，第二字是仄声。前一首上片一字豆领四字句"正艳杏烧林"，是仄起平收，而后一首同一位置的一字豆句"问六朝五姓"，是仄起仄收。前一首上片第七、八句是一个用韵的两字句"倾城"，加一个四字句"尽寻胜去"，属于一个六字句的句中韵；而后一首同一位置是六字句"何似乌衣故垒"。前一首下片用韵的两字句"欢情"，加一个四字句"对佳丽地"，也是六字句的句中韵；后一首同一位置的"休说清谈误国"，就是没有句中韵的六字句。前一首上片"骤雕鞍"句、下片"信金罍"句，都是一字领七字的八字句；后一首相同位置的两句却是上三下四的七字句。前一首下片"向路旁"两句是上三下六句式，后一首同一位置的两句则是上五下四句式。此调以前一首一百零一字为正体，后一首九十九字为变体。

沁园春 　再到期思卜筑　〔宋〕辛弃疾

一水西来，千丈晴虹，十里翠屏。喜草堂经岁，重
⊙｜－－　⊖｜－－　⊙｜⊙⊙　•⊙－⊖｜

来杜老；斜川好景，不负渊明。老鹤高飞，一枝投宿，长
－⊙｜　⊖－⊙｜　⊙｜－－　⊙｜－－　⊙－⊖｜　⊖

笑蜗牛戴屋行。平章了，待十分佳处，著个茅亭。　青
｜－－｜｜⊙　－－｜　•⊙－⊖｜　⊙｜－⊙

山意气峥嵘，似为我归来妩媚生。解频教花鸟，前歌后
舞，更催云水，暮送朝迎。酒圣诗豪，可能无势，我乃
而今驾驭卿。清溪上，被山灵却笑，白发归耕。

沁园春　梦方孚若　〔宋〕刘克庄

何处相逢，登宝钗楼，访铜雀台。唤厨人斫就，东
溟鲸脍；围（yǔ）人呈罢，西极龙媒。天下英雄，使君
与操，馀子谁堪共酒杯！车千乘，载燕南赵北，剑客奇
才。　饮酣画鼓如雷，谁信被晨鸡轻唤回。叹年光过
尽，功名未立；书生老去，机会方来。使李将军、遇高
皇帝，万户侯何足道哉！披衣起，但凄凉感旧，慷慨
生哀。

此调一百一十四字，平韵双调。除上片起首三个四字句共
十二字，与换头两句共十四字不同而外，其馀上下片各句字
数全部相同。这个词调的一字领句特别多，这一领句字有领
本句几字的，也有领两句的，还有领四句的；其中一字领四
句的，是对偶句式，也就是上两句对下两句的扇对。第二首
"谁信被"句和"万户侯"句，与前一首同一位置句子的句
式不同。

第二部　仄韵格

如梦令　〔宋〕秦　观

遥夜沉沉如水，风紧驿亭深闭。梦破鼠窥灯，霜送
⊖｜⊖－⊖△　⊖｜⊙－⊖△　⊙｜－－　⊖⊙

晓寒侵被。无寐，无寐，门外马嘶人起。
⊙－⊖△　－△　－△　⊖｜⊙－⊖△

如梦令　〔宋〕李清照

昨夜雨疏风骤，浓睡不消残酒。试问卷帘人，却道
⊙｜⊙－⊖△　－｜⊙－－△　⊙｜⊙－－　⊙｜

海棠依旧。"知否、知否？应是绿肥红瘦。"
⊙－⊖△　－△　－△　⊖｜⊙－⊖△

这个词牌是仄韵单调，共三十三字。前一首属词韵第三部
"支纸"韵；后一首属词韵第十二部"尤有"韵，都是上去
声通押。其中两个二字句必须是叠字句。

生查子　〔宋〕晏几道

金鞭美少年，去跃青骢马。牵系玉楼人，绣被春寒
⊖｜｜－　⊙｜－－△　⊙｜｜－－　⊖｜－－

夜。　　消息未归来，寒食梨花谢。无处说相思，背面
△　　　⊖｜｜－－　⊖｜－－△　⊖｜｜－－　⊙｜

鞦鞯下。
－－△

生查子　〔宋〕贺　铸

西津海鹘（hú）舟，径度沧江雨。双橹本无情，鸦
⊖－｜｜　－　⊙｜－－△　⊖｜｜－－

轧如人语。　　挥金陌上郎，化石山头妇。何物系君
｜－－△　　　⊖－｜｜－　①｜－－△　⊖｜｜－
心？三岁扶床女。
－　⊖｜－－△

《生查子》调四十字，仄韵双调。上下片相当于两首五言古
绝。词牌名的"查"是"楂"的本字，读zhā。这两首词下
片起句，前一首是仄起，与下句平仄相粘；后一首是平起，
与下句平仄对立。两种句式都可使用。

　　　　点绛唇　绍兴乙卯登绝顶小亭　　〔宋〕叶梦得

　　缥缈危亭，笑谈独在千峰上。与谁同赏，万里横烟
　　①｜－－　①－①｜－－△　⊖－⊖｜　①｜－－
浪。　　老去情怀，犹作天涯想。空惆怅，少年豪放，
△　　　①｜－－　⊖｜－－△　⊖－△　①－⊖△
莫学衰翁样。
①｜－－△

　　　　点绛唇　丁未冬，过吴松作　　〔宋〕姜　夔

　　燕雁无心，太湖西畔随云去。数峰清苦，商略黄昏
　　①｜－－　①－⊖｜－－△　①－⊖△　⊖｜－－
雨。　　第四桥边，拟共天随住。今何许，凭阑怀古，
△　　　①｜－－　①｜－－△　⊖－△　⊖－⊖△
残柳参差舞。
⊖｜－－△

　　　　点绛唇　　〔金〕元好问

　　醉里春归，绿窗犹唱留春住。问春何处，花落莺无
　　①｜－－　①－⊖｜－－△　①－⊖△　⊖｜－－
语。　　渺渺予怀，漠漠烟中树。西楼暮，一帘疏雨，
△　　　①｜－－　①｜－－△　⊖－△　①－⊖△

梦里寻春去。
① | 一 一 △

这个词牌是仄韵双调，四十一字，上下片句式不同。这三首词用韵都是上去声通押。

霜天晓角　梅　〔宋〕范成大

晚晴风歇，一夜春威折。脉脉花疏天淡，云来去，
① 一 ⊖ △　① | 一 一 △　① | ⊖ 一 ① | 　一 ⊖ |

数枝雪。　胜绝愁亦绝，此情谁共说！惟有两行低雁，
① 一 △　① ① 一 | △　① 一 一 | △　⊖ | ① 一 ⊖ |

知人倚，画楼月。
一 ⊖ |　① 一 △

霜天晓角　和中斋九日　〔宋〕刘辰翁

骑台千骑 (jì)，有菊知何世。想见登高无处，淮以
① 一 ⊖ △　① | 一 一 △　① | ⊖ 一 ⊖ | 　一 ①

北，是平地。　老来无复味，老来无复泪。多谢白衣
|　① 一 △　① 一 一 | △　① 一 一 | △　⊖ | ① 一

迢递，吾病矣，不能醉。
⊖ |　一 ① |　① 一 △

此调四十三字，仄韵双调。上阕二十一字，下阕换头句多一字，其他句式，上下阕相同。前一首用词韵入声"物月"韵，后一首用词韵第三部"支纸"韵。这两首词上下片结句前的一个三字句，平仄安排不同：前一首上片的"云来去"是"平平仄"，后一首上片的"淮以北"是"平仄仄"；前一首下片的"知人倚"是"平平仄"，后一首下片的"吾病矣"是

"平仄仄"。这说明，词中三字句前二字的平仄安排，有很大的灵活性，只要不出现三平或三仄，就可以随意处理。前一首换头句是拗句，第二字须用平声。

卜算子　〔宋〕苏　轼

缺月挂疏桐，漏断人初静。谁见幽人独往来，缥缈
⊙｜｜——　　⊙｜——△　　—｜——｜｜—　　⊙｜

孤鸿影。　　惊起却回头，有恨无人省。拣尽寒枝不肯
——△　　　⊖｜｜——　　⊙｜——△　　⊙｜——｜｜

栖，寂寞沙洲冷。
—　⊙｜——△

卜算子　〔宋〕刘克庄

片片蝶衣轻，点点猩红小。道是天公不惜花，百种
⊙｜——　　⊙｜——△　　⊙｜——｜｜—　　⊙｜

千般巧。　　朝见树头繁，暮见枝头少。道是天公果惜
——△　　　⊙｜｜——　　⊙｜——△　　⊙｜——｜｜

花，雨洗风吹了。
—　⊙｜——△

这个词牌是仄韵双调，四十四字，上下片句式相同。前一首用词韵第十一部"庚梗"韵，上去声通押。

好事近　汴京赐宴闻教坊乐有感　　〔宋〕韩元吉

凝碧旧池头，一听管弦凄切。多少梨园声在，总不
⊖｜｜——　　⊙｜⊙—⊖△　　⊖｜——⊖｜　　•⊙

堪华发。　　杏花无处避春愁，也傍野烟发。惟有御沟
—⊖△　　　⊙—⊖｜｜——　　⊙｜⊙—△　　⊖｜—

声断，似知人呜咽。
⊖｜　•⊖—⊖△

好事近　夜登万花川谷望月作　　〔宋〕杨万里

月未到诚斋，先到万花川谷。不是诚斋无月，隔一
　⊙｜｜－－　　⊝｜⊙－⊝△　　⊙｜⊙－⊝｜　•⊙

庭修竹。　　如今才是十三夜，月色已如玉。未是秋光
－⊝△　　　⊝－⊝｜｜－⊙　　⊙｜⊙－△　　⊙｜⊝－

奇绝，看十五十六。
⊝｜　•　•⊙⊙⊙△

《好事近》是仄韵双调，四十五字，上下片除起首二句句式
不同外，其馀各句句式相同。此调多用入声韵。这两首词上
下片结句都是一字豆句式。前一首上片末句韵是头发的发，
与下片第二句的发字韵意义不同。后一首结句看来是拗句，
又只有第一字"看"（kān）是平声。但"五"字是上声，在
宋人词中常用以代替平声，所以此句不算拗句，也不犯孤平。

谒金门　　〔宋〕赵彦端

休相忆，明夜远如今日。楼外绿烟村幂幂，花飞如
－⊝△　⊙｜⊙－－△　⊙｜⊙－－｜｜　⊝－－

许急。　　柳外晚来船集，波底夕阳红湿。送尽去云成
｜△　　⊙｜⊙－⊝△　⊝｜⊙－⊝△　⊙｜⊙｜－

独立，酒醒愁又入。
｜△　⊙－－｜△

谒金门　　〔宋〕毛　开

春已半，芳草池塘绿遍。山北山南花烂漫，日长蜂
－⊙△　⊝｜－－⊙△　⊝｜⊝－－｜｜　⊝－－

蝶乱。　　闲掩屏山六扇，梦好强教惊断。愁对画梁双
｜△　　⊝｜－－⊙△　⊙｜⊙－⊝△　⊝｜⊙－－

语燕，故人心不见。
｜△　⊙－－｜△

此词牌仄韵双调，四十五字。上下片各四句，每句用韵。只有起句少于换头句三字，其他各句上下片句式相同。两首词三字句起句的平仄安排，前一首是"平平仄"，后一首是"平仄仄"。前一首用词韵入声"质陌"韵。

忆秦娥　　〔唐〕李　白

箫声咽，秦娥梦断秦楼月。秦楼月，年年柳色，灞
一⊖△　⊖一①｜一一△　一一△　一一｜｜　①

陵伤别。　　乐游原上清秋节，咸阳古道音尘绝。音尘
一⊖△　　　①一⊖｜一一△　⊖一①｜一一△　一一

绝，西风残照，汉家陵阙。
｜　一一⊖｜　①一⊖△

忆秦娥　　〔宋〕范成大

楼阴缺，阑干影卧东厢月。东厢月，一天风露，杏
一⊖△　⊖一①｜一一△　一一△　①一⊖｜　①

花如雪。　　隔烟催漏金虬（qiú）咽，罗帏暗淡灯花
一⊖△　　　①一⊖｜一一　　　△　⊖一①｜一一

结。灯花结，片时春梦，江南天阔。
△　一一△　①一⊖｜　一一一△

忆秦娥　　〔宋〕刘克庄

梅谢了，塞垣冻解鸿归早。鸿归早，凭伊问讯，大
一①△　①一⊖｜一一△　一一△　⊖一①｜　①

梁遗老。　　浙河西面边声悄，淮河北去炊烟少。炊烟
一⊖△　　　①一⊖｜一一△　⊖一①｜一一△　⊖一

少，宣和宫殿，冷烟衰草。
△　⊖一⊖｜　①一⊖△

此调又名《秦楼月》，四十六字，仄韵双调。上下片除第一

句外，其馀各句句式相同。上下片第三句这个三字句，必须与第二句的末三字重叠。又上下片的结句，历来都照第一首的句式，作"仄平平仄"。此调用入声韵的居多，前两首词是用的入声韵。但也有少数用平声韵和上去声韵的，第三首就是用的上声韵。

桃源忆故人　　〔宋〕苏　轼

华胥梦断人何处，听得莺啼红树。几点蔷薇香雨，
〇－⊙｜－－△　⊙｜－－⊝△　⊙｜－－⊝△

寂寞闲庭户。　　暖风不解留花住，片片著人无数。楼
⊙｜－－△　　⊙－⊙｜－－△　⊙｜⊙－⊝△　⊙

上望春归去，芳草迷归路。
｜⊙－⊝△　－｜－－△

桃源忆故人　　〔宋〕吴文英

越山青断西陵浦，一岸密阴疏雨。潮带旧愁生暮，
⊙－⊝｜－－△　⊙｜⊙－⊝△　⊝｜⊙－⊝△

曾折垂杨处。　　桃根桃叶当时渡，呜咽风前柔橹。燕
⊝｜－－△　　⊝－⊝｜－－△　⊝｜⊙－⊝△　⊙

子不留春住，空寄离樯语。
｜⊙－⊝△　⊝｜－－△

这个词牌又作《桃园忆故人》，四十八字，仄韵双调，上下片句式相同，每句用韵。这里的两首词都用词韵第四部"鱼语"韵，上去声通押。

玉楼春　〔宋〕宋　祁

　　东城渐觉风光好，縠皱波纹迎客棹。绿杨烟外晓寒
　　⊖ － ⊙ ｜ － － △　⊙ ｜ ｜ － － ｜ △　⊙ － ⊖ ｜ ｜ －

轻，红杏枝头春意闹。　　浮生长恨欢娱少，肯爱千金
－ 　红 ⊙ ｜ － － ｜ △　　　－ － ⊙ ｜ － － △　⊙ ｜ －

轻一笑！为君持酒劝斜阳，且向花间留晚照。
－ ｜ △　⊙ － ⊖ ｜ ｜ － －　⊙ ｜ ⊖ － － ｜ △

玉楼春　〔宋〕刘克庄

　　年年跃马长安市，客舍似家家似寄。青钱换酒日无
　　⊖ － ⊙ ｜ － － △　⊙ ｜ ｜ － － ｜ △　⊖ － ｜ ｜ ｜ －

何，红烛呼卢宵不寐。　　易挑锦妇机中字，难得玉人
－ 　⊖ ｜ ⊖ － － ｜ △　　　⊙ － ⊙ ｜ － － △　⊖ ｜ ⊙ －

心下事。男儿西北有神州，莫滴水西桥畔泪。
－ ｜ △　⊖ － ⊖ ｜ ｜ － －　⊙ ｜ ⊙ － － ｜ △

　　《玉楼春》调又名《木兰花》，但《木兰花》这个词牌另有《减
字木兰花》、《木兰花慢》，不同于《玉楼春》。此调五十六
字，仄韵双调。全词八句，每句七字，相当于两首不粘的仄
韵绝句。这两首词中，前一首用词韵第八部"萧筱"韵，上
去声通押。

鹊桥仙　〔宋〕陆　游

　　华灯纵博，雕鞍驰射，谁记当年豪举。酒徒一一取
　　⊖ － ⊙ ｜　⊖ － ⊖ ｜　⊙ ｜ ⊖ － ⊙ ｜

封侯，独去作江边渔父。　　轻舟八尺，低篷三扇，占
－ －　⊙ ⊙ ｜ － ⊖ △　　　⊖ － ⊙ ｜　⊖ － ⊖ ｜　⊙

断苹洲烟雨。镜湖元自属闲人，又何必官家赐与！
｜ ⊖ － ⊖ △　⊙ － ⊖ ｜ ｜ － －　⊙ ⊖ ｜ － ⊙ △

鹊桥仙　己酉山行书所见　〔宋〕辛弃疾

松冈避暑，茅檐避雨，闲去闲来几度。醉扶怪石看
⊖　—　⊙　|　　⊖　—　⊙　|　　⊖　—　⊖　—　△　　⊙　—　⊙　|　|

飞泉，又却是前回醒处。　　东家娶妇，西家归女，灯
—　—　　⊙　⊙　|　⊖　—　⊙　△　　　⊖　—　⊙　|　　⊖　—　⊙　|　　⊖

火门前笑语。酿成千顷稻花香，夜夜费一天风露。
|　⊖　—　⊙　△　⊙　—　⊖　|　|　—　—　　⊙　⊙　|　⊙　—　⊖　△

此调五十六字，仄韵双调，上下片句式相同。这两首的上下
片结句，都是上三下四句，而前三字是领句字，所以这三字
虽然多数全用仄声字，也不算拗句。两首词都用词韵第四部
"鱼语"韵，后一首上去声通押。

踏莎行　〔宋〕秦　观

雾失楼台，月迷津渡，桃源望断无寻处。可堪孤馆
⊙　|　—　—　　⊙　—　⊖　△　　⊖　—　⊙　|　—　—　△　　⊙　—　⊖　|

闲春寒，杜鹃声里斜阳暮。　　驿寄梅花，鱼传尺素，
|　—　—　　⊙　|　⊖　—　⊖　△　　　⊙　|　—　—　　⊖　—　⊙　|

砌成此恨无重数。郴（chēn）江幸自绕郴山，为谁流下
⊙　—　⊙　|　—　—　△　⊖　　　—　⊙　|　|　—　—　　⊙　—　⊖　|

潇湘去？
—　—　△

踏莎行　九日牛山作　〔宋〕刘辰翁

日月跳丸，光阴脱兔，登临不用深怀古。向来吹帽
⊙　|　—　—　　⊖　—　⊙　△　　⊖　—　⊙　|　—　—　△　　⊙　—　⊖　|

插花人，尽随残照西风去。　　老矣征衫，飘然客路，
|　—　—　　⊙　—　⊖　|　—　—　△　　　⊙　|　—　—　　⊖　—　|　△

炊烟三两人家住。欲携斗酒答秋光，山深无觅黄花处。
⊖　—　⊖　|　—　—　△　⊙　—　⊙　|　|　—　—　　⊖　—　⊖　|　—　—　△

此调五十八字，仄韵双调，上下片句式相同。后一首起句的"跳"字平仄两读，在此句中读阳平声，便有两个平声字。两词都用第四部"鱼语"韵，后一首上去声通押。

蝶恋花　〔宋〕苏　轼

花褪残红青杏小，燕子飞时，绿水人家绕。枝上柳
⊖｜⊖——｜△　　⊕｜——　　⊕｜——△　　⊖｜⊕

绵吹又少，天涯何处无芳草。　　墙里秋千墙外道。墙
——｜△　　⊖—⊖｜——△　　⊖｜——｜｜△　　⊖

外行人，墙里佳人笑。笑渐不闻声渐悄，多情却被无
｜——　　⊖｜——△　　⊕｜⊕——｜△　　⊖—⊕｜—

情恼。
—△

蝶恋花　〔宋〕朱淑真

楼外垂杨千万缕，欲系青春，少住春还去。犹自风
⊖｜⊖——｜△　　⊕｜——　　⊕｜——△　　⊖｜

前飘柳絮，随春且看归何处。　　绿满山川闻杜宇。便
——｜△　　⊖—⊕｜——△　　⊕｜⊖——｜△　　⊕

做无情，莫也愁人意。把酒送春春不语，黄昏却下潇
｜——　　⊕｜——△　　⊕｜⊕——｜△　　⊖—⊕｜—

潇雨。
—△

此调六十字，仄韵双调，上下片句式相同。前一首用词韵第八部"萧筱"韵，上去声通押；后一首用词韵第四部"鱼语"韵和第三部"支纸"韵通押，而且是上去声通押。

渔家傲　〔宋〕范仲淹

塞下秋来风景异，衡阳雁去无留意。四面边声连角
⊙｜⊖－－｜△　⊖－⊙｜｜－－△　⊙｜⊖－－｜

起。千嶂里，长烟落日孤城闭。　　浊酒一杯家万里，
△　－⊙△　⊖－⊙｜｜－－△　　　⊙｜⊙｜－－△

燕然未勒归无计。羌管悠悠霜满地。人不寐，将军白发
⊖－⊙｜｜－－△　⊖｜⊖－－｜△　－⊙△　⊖－⊙｜

征夫泪。
－－△

渔家傲　〔宋〕王安石

平岸小桥千嶂抱，柔蓝一水萦花草。茅屋数间窗窈
⊖｜⊙－－｜△　⊖－⊙｜－－△　⊖｜⊙－－｜

窕。尘不到，时时自有春风扫。　　午枕觉来闻语鸟，
△　－⊙△　⊖－⊙｜｜－－△　　　⊙｜⊙－－｜△

敧眠似听朝鸡早。忽忆故人今总老。贪梦好，茫然忘了
⊖－⊙｜｜－－△　⊙｜⊙－－｜△　－⊙△　⊖－⊙｜

邯郸道。
－－△

此调六十二字，双调，一般是仄韵，也有少数是平仄韵交错
使用。上下片句式相同。此调每句用韵。前一首用词韵第三
部"支纸"韵，后一首用词韵第八部"萧筱"韵，都是上去声
通押。此调起句一般用仄起式，也有用平起式的，但不多见。

青玉案　〔宋〕苏　轼

和贺方回韵，送伯固还吴中。

三年枕上吴中路，遣黄犬，随君去。若到松江呼小
⊖－⊙｜－－△　⊙－｜　⊖－△　⊙｜⊖－－｜

渡。莫惊鸳鹭，四桥尽是，老子经行处。　　辋（wǎng）
△　　⊙ — ⊖ |　　⊙ — ⊙ |　　⊙ | — — △　　　　⊙

川图上看春暮，常记高人右丞句。作个归期天已许。春
— ⊖ | — — △　　⊖ | ⊖ — ⊙ ⊖ △　　⊙ | | ⊖ — — | △　　⊖

衫犹是，小蛮针线，曾湿西湖雨。
— ⊖ |　　⊙ — ⊖ |　　— 湿 西 湖 △

青玉案　元夕　〔宋〕辛弃疾

东风夜放花千树，更吹落，星如雨。宝马雕车香
⊖ — ⊙ | — — △　　⊙ ⊙ |　　— — △　　⊖ — △

满路。凤箫声动，玉壶光转，一夜鱼龙舞。　　娥儿雪
| △　　⊙ — ⊖ |　　⊙ — ⊖ |　　⊙ | — — △　　　　⊖ — ⊙

柳黄金缕，笑语盈盈暗香去。众里寻他千百度，蓦然回
| — — △　　⊙ | — — ⊙ — △　　⊙ | — — — | △　　⊙ — —

首，那人却在，灯火阑珊处。
|　　⊙ | ⊙ |　　⊖ | — — △

此调六十七字，仄韵双调，除上片第二、三两句是两个三字
句，在下片第二句改为七字句而外，其馀各句上下片句式相
同。两首词下片第二句都是拗句，按律，句中第五字须作平
声，第六字须作仄声。这里是按诗律中的拗救方式处理的。
两首词都用词韵第四部"鱼语"韵，上去声通押。

满江红　〔宋〕岳 飞

怒发冲冠，凭阑处、潇潇雨歇。抬望眼，仰天长
⊙ | — —　　⊖ — |　　⊖ — ⊙ △　　— ⊙ |　　⊙ — ⊖

啸，壮怀激烈。三十功名尘与土，八千里路云和月。莫
|　　⊙ — ⊙ △　　— | — — — | |　　⊙ — | | — — △　　莫

等闲、白了少年头，空悲切。　　靖康耻，犹未雪；臣
⊙ —　　⊙ | | — —　　— — △　　　　⊙ — |　　— ⊙ △　　—

子恨，何时灭！驾长车、踏破贺兰山缺。壮志饥餐胡虏
⊙| —⊖△ |—— —|⊖— ——|——

肉，笑谈渴饮匈奴血。待从头、收拾旧山河，朝天阙。
| ⊙—⊙|——△ |⊖— ⊖||—— ——△

满江红　〔宋〕辛弃疾

过眼溪山，怪都似、旧时曾识。是梦里，寻常行
⊙| —— ⊙—| ⊙—⊖△ ⊙⊙| ⊖—⊖

遍，江南江北。佳处径须携杖去，能消几两（liàng）平
| —⊖△ ⊖|⊙—| ——⊙|　—

生展。笑尘埃、三十九年非，长为客。　　吴楚地，东
—△ |⊖— ⊙||—— ——△ 　　⊖⊙| ⊖

南坼。英雄事，曹刘敌。被西风吹尽，了无陈迹。楼观
⊖△ —⊖ —|| —⊖⊙ •—⊖| ⊙—⊖△ |

才成人已去，旌旗未卷头先白。叹人间、哀乐转相寻，
⊖——|| ⊖—⊙|——△ |⊖— ⊖||——

今犹昔。
——△

满江红[1]　〔明〕文徵明

拂拭残碑，敕飞字，依稀堪读。慨当初，倚飞何
⊙| —— ⊙—| ⊖—⊖△ |—— ⊙—⊖

重，后来何酷。岂是功成身合死，可怜事去言难赎。最
| ⊙—⊖△ ⊙||—⊖—— —|——△ |

无端，堪恨又堪悲，风波狱！　　岂不念，封疆蹙；岂
⊖— ⊖||—— ——△ 　　⊙⊙| ⊖⊖△ ⊙

不念，徽钦辱。念徽钦既返，此身何属。千载休谈南渡
⊙| —⊖△ •——⊙| ⊙—⊖△ ⊙—⊙||—|

错，当时是怕中原复。笑区区一桧亦何能，逢其欲。
| ⊖—⊙|——△ |⊖—⊙||—— ——△

---

[1]　这首词是咏宋高宗赐岳飞手敕刻石的。此石在文徵明写此词时，
刚从地下出土不久。

《满江红》调九十三字，仄韵双调。上下片末四句句式相同。这个词调上下片的三字句，除末一字的平仄安排须按格律规定而外，前二字在避免三平三仄的前提下，可以灵活使用。第二首辛弃疾词上片第四句"是梦里"，和第三首文徵明词下片换头处用的两个"岂不念"，都是三个仄声字，这是为了不因律害意的缘故。此调下片四个四字句以后，本是九字句，第一首"驾长车、踏破贺兰山缺"，是前三后六句式；第二首"被西风吹尽，了无陈迹"，第三首"念徽钦既返，此身何属"，都是前五后四句式。后面两首下片三字句后的五字句的第一字，都是一字豆。歇拍前的一句是八字句，都用前三后五句式。此调上下片的两个七字句多用对仗，这三首词中除第二首的上片两句未用对仗外，其他也都用了对仗。此调用入声韵的居多。南宋姜夔开始试用平声韵，以后彭芳远等人也仿效用平声韵，但不多见。此调还有少数用上去声押韵的。以用入声韵较能抒发激越情感，故此调的名篇都是用入声韵。

念奴娇　中秋　　〔宋〕苏　轼

凭高眺远，见长空万里，云无留迹。桂魄飞来光
⊖ — ○ |　• ⊖ — ○ |　⊖ — ⊖ △　⊙ | ⊖ —

射处，冷浸一天秋碧。玉宇琼楼，乘鸾来去，人在清凉
| |　⊙ | ⊖ — ⊖ △　⊙ | ⊖ —　⊖ — ⊖ |　⊖ | — —

国。江山如画，望中烟树历历。　　我醉拍手狂歌，举
△　⊖ — ⊖ |　⊙ — ⊖ | ⊙ △　　⊙ | ⊙ — — —　⊙

杯邀月，对影成三客。起舞徘徊风露下，今夕不知何
─○｜　⊙｜─—△　⊙｜─——｜｜　○｜⊙─
夕。便欲乘风，翻然归去，何用骑鹏翼。水晶宫里，一
△　⊙｜⊖—　⊖—⊖｜　⊖｜—─△　⊙─⊖｜　○
声吹断横笛。
—⊖｜—△

念奴娇　驿中言别友人　〔宋〕文天祥

　水天空阔，恨东风、不借世间英物。蜀鸟吴花残
　⊙—⊖｜　｜—— 　⊙｜⊙—⊖△　⊙｜⊙—─
照里，忍见荒城颓壁。铜雀春情，金人秋泪，此恨凭谁
｜｜　⊙｜⊖—⊖△　⊙｜─—　⊖—⊖｜　⊙｜——
雪！堂堂剑气，斗牛空认奇杰。　　那信江海馀生，南
△　⊖—⊖｜　｜—⊖｜⊖△　　⊙｜─——

行万里，属扁舟齐发。正为鸥盟留醉眼，细看涛生云
—⊙｜　•⊖—⊖△　⊙｜⊖——｜｜　⊙｜⊖—⊖
灭。睨柱吞嬴，回旗走懿，千古冲冠发。伴人无寐，秦
△　⊙｜─—　⊖—⊖｜　⊖｜—─△　⊙—─｜　—
淮应是孤月。
—⊖｜—△

念奴娇　登石头城　〔元〕萨都剌

　石头城上，望天低吴楚，眼空无物。指点六朝形胜
　⊙—⊖｜　•⊖—⊖｜　⊙—⊖△　⊙｜⊙—｜
地，惟有青山如壁。蔽日旌旗，连云樯橹，白骨纷如
｜　⊙｜⊖—⊖△　⊙｜──　⊖—⊖｜　⊙｜——
雪。一江南北，消磨多少豪杰！　　寂寞避暑离宫，东
△　⊙—⊖｜　⊖—⊖｜─△　　⊙｜⊙—｜——
风辇路，芳草年年发。落日无人松径里，鬼火高低明
—⊙｜　⊖｜——△　⊙｜———｜｜　⊙｜─—─
灭。歌舞樽前，繁华镜里，暗换青青发。伤心千古，秦
△　⊖｜⊖—　⊖—⊙｜　⊙｜——△　⊖—⊖｜　⊖
淮一片明月。
—⊙｜—△

《念奴娇》调一百字，所以又称《百字令》，仄韵双调。此调上下片的结句和换头句，习惯上都用拗句，这三首词也是如此。此调上片第二、三两句，一、三两首是上五下四句式，第二首是上三下六句式。这个词牌用入声韵的居多，也有少数用去声韵的。第三首下片韵位有两处用"发"字，后一个是头发的发，与前一个发字意义不同。还须得指出的是，第二首和第三首用于押韵的字，完全相同，因为后一首是依照前一首词中所用的韵照样填写的。这种依照别人的诗韵或词韵而创作的做法，称为"次韵"、"步韵"或"步原韵"。也可以称为"和"（hè），就是唱和的意思：别人唱，本人和。但"和"别人的诗词，既可以依照别人的原韵，也可只根据别人作品的意思而另自用韵，所以"和"字还不能确指是依照别人的原韵。

桂枝香　〔宋〕王安石

登临送目，正故国晚秋，天气初肃。千里澄江似练，翠峰如簇。征帆去棹残阳里，背西风、酒旗斜矗。彩舟云淡，星河鹭起，画图难足。　念往昔、繁华竞逐。叹门外楼头，悲恨相续。千古凭高对此，漫嗟荣辱。六朝旧事随流水，但寒烟芳草凝绿。至今商女，时时犹唱，《后庭》遗曲。

桂枝香　〔宋〕张　辑

梧桐雨细，渐作秋声，被风惊碎。润逼衣篝，线袅
⊖　—　⊙　△　　⊙　|　—　—　　⊙　—　⊙　△　　⊙　|　—　—　　⊙　|

蕙炉沉水。悠悠岁月天涯醉，一分秋，一分憔悴。紫箫
⊙　—　⊖　△　　⊖　—　⊙　|　—　—　|　　⊙　⊙　⊖　　⊙　—　⊖　△　　⊙　—

吹断，素笺恨切，夜寒鸿起。　　又何苦、凄凉客里。
⊖　|　　⊙　|　⊙　|　　⊙　—　⊖　△　　　⊙　|　⊖　　⊙　—　⊙　△

负草堂春绿，竹溪空翠。落叶西风，吹老几番尘世。从
•　⊙　—　—　|　　⊙　—　⊖　△　　⊙　|　—　—　　⊖　|　⊙　—　⊖　△

前谙尽江湖味，听商歌、归兴千里。露侵宿酒，疏帘淡
—　⊖　|　—　—　|　　•　⊖　—　　⊖　|　—　|　　⊖　—　⊙　|　　⊖　—　⊙

月，照人无寐。
|　　⊙　—　⊖　△

《桂枝香》调一百零一字，仄韵双调。这两首词中有几个拗句：前一首上片第三句"天气初肃"是拗句，第二字须作平声；下片第四句"悲恨相续"是拗句，第二字须作平声。前一首下片结句前的七字句"但寒烟芳草凝绿"、后一首同一位置的七字句"听商歌、归兴千里"，都是一字领六字的拗句，第三字须作仄声，第五字须作平声，成"仄平仄（平）平（仄）仄"句式。如不是一字领句，须作"（仄）仄（平）平平仄仄"。句中平仄安排，两首词也有不同的地方：前一首下片第三、四句"叹门外楼头，悲恨相续"，上句除一字豆外，是仄起平收；后一首相同位置的两句"负草堂春绿，竹溪空翠"，上句除一字豆外，是平起仄收。在句式上，两首词也不相同：前一首上片第二句，较后一首相同位置的一句多一字豆"正"字。前一首上片第四、五句是上六下四，

后一首上片第四、五句是上四下六。两首下片的五、六句也是同样情况：前一首是上六下四，后一首是上四下六。前一首一百零一字，是正体；后一首一百字，是别体。后一首下片有两处用"里"字做韵脚，前一个是繁体字简化，两字不是重复。

水龙吟　登建康赏心亭　〔宋〕辛弃疾

楚天千里清秋，水随天去秋无际。遥岑远目，献愁
⊖－⊖｜－－　⊙－⊖｜－－△　⊖－⊙｜　⊙－

供恨，玉簪螺髻。落日楼头，断鸿声里，江南游子。把
⊖｜　⊙－⊙△　⊙｜－－　⊙－⊙｜　⊖－⊙△

吴钩看了，阑干拍遍，无人会，登临意。　　休说鲈鱼
⊖－⊙｜　⊖－⊙｜　⊖－｜　⊖－△　　⊖｜－－

堪脍。尽西风、季鹰归未？求田问舍，怕应羞见，刘郎
⊖△　｜－－、｜－－｜　⊖－⊙｜　⊙－⊖｜　－－

才气。可惜流年，忧愁风雨，树犹如此。倩何人、唤取
⊖△　⊙｜－－　⊖－⊙｜　⊙－⊖△　｜－－　⊙｜

红巾翠袖，揾英雄泪！
⊖－⊙｜　⊙－⊖△

水龙吟　春恨　〔宋〕陈　亮

闹花深处层楼，画帘半卷东风软。春归翠陌，平莎
⊙－⊖｜－－　⊙－⊙｜－－△　⊖－⊙｜　－－

茸嫩，垂杨金浅。迟日催花，淡云阁雨，轻寒轻暖。恨
⊖｜　⊖－⊖△　⊖｜－－　⊙－⊙｜　⊖－⊖△

芳菲世界，游人未赏，都付与，莺和燕。　　寂寞凭高
⊖－⊙｜　游－⊙｜　都｜－　⊖－△　　⊖｜－－

念远。向南楼、一声归雁。金钗斗草，青丝勒马，风流
｜｜　｜－－、⊙－⊖△　⊖－⊙｜　⊖－⊙｜　⊖－

云散。罗绶分香，翠绡封泪，几多幽怨。正销魂、又是
⊖△　⊖－－　｜｜－－　⊙－⊖△　｜－－　⊙｜

疏烟淡月，子规声断。
一　一　|　|　　①　一　⊖　△

《水龙吟》调有几种格式，这里以辛弃疾的登建康赏心亭写的《水龙吟》为正格。一百零二字，仄韵双调。上片第九句是一字豆句式，下片第二句是上三下四句式。

花　犯　咏梅　〔宋〕周邦彦

粉墙低，梅花照眼，依然旧风味。露痕轻缀。疑净
|　一　一　　⊖　一　①　|　　⊖　⊖　①　⊖　△　　①　一　⊖　△　　·　①

洗铅华，无限佳丽。去年胜赏曾孤倚，冰盘共宴喜。更
|　一　一　　⊖　⊖　一　△　　①　|　⊖　一　⊖　|　　一　一　|　|　△　　|

可惜、雪中高树，香篝熏素被。　　今年对花最匆匆，
①　|　　①　一　⊖　|　　⊖　一　⊖　|　△　　　⊖　一　①　⊖　|　一　一

相逢似有恨，依依愁悴。吟望久，青苔上，旋看飞坠。
⊖　一　①　|　|　　一　一　一　|　　⊖　|　|　　一　⊖　|　　⊖　一　一　|

相将见、脆圆荐酒，人正在、空江烟浪里。但梦想、一
⊖　一　|　　①　一　①　|　　⊖　①　|　　⊖　一　一　|　△　　①　①　|　　①

枝潇洒，黄昏斜照水。
一　⊖　|　　⊖　一　一　|　△

花　犯　〔宋〕陈允平

报南枝，东风试暖，萧萧甚情味。乱琼雕缀。幻姑
|　一　一　　⊖　一　①　|　　一　一　①　一　①　　|　一　一　△　　·　姑

射精神，玉蕊佳丽。寿阳宴罢妆台倚，眉颦羞鹊喜。念
|　一　一　　①　①　①　△　　①　一　①　|　一　一　△　　⊖　一　一　|　△　　①

误却、何郎归去，清香空翠被。　　溪松径竹素知心，
①　|　　⊖　一　一　|　　⊖　一　一　|　△　　　⊖　一　一　|　一　一　一

青青岁寒友，甘同憔悴。渐画角，严城上，雁霜惊坠。
⊖　一　①　⊖　|　　⊖　一　⊖　△　　①　|　|　　⊖　一　|　　①　一　⊖　△

烟江暮，佩环未解，愁不到、独醒人梦里。但恨绕、六
⊖　一　|　　①　①　①　|　　⊖　①　|　　①　①　一　|　△　　①　①　|　　①

桥明月，孤山云伴水。
－⊖｜　⊖－－｜△

《花犯》调一百零二字，仄韵双调。这两首词中的拗句比较
多：前一首上片"依然旧风味"句，第二字依律须用仄声；
"无限佳丽"句，第二字须用平声；换头"今年对花最匆匆"
句，第四字须用仄声。"相逢似有恨"句，第三字须用平声。
后一首上片"萧萧甚情味"句，第二字须用仄声。"玉蕊佳
丽"句，第二字须用平声。"青青岁寒友"句，第三、四字
的平仄声须对调。此外，前一首上片"更可惜、雪中高树"
句，下片"但梦想、一枝潇洒"句，和后一首上片"念误却、
何郎归去"句，下片"但恨绕、六桥明月"句，前三字都用
的三个仄声，因为这三字是领句字，可以不拘平仄。前一首
词的作者周邦彦是北宋末年人，精通音律，他在这首词中一
再使用拗句，是在既不影响词意又不影响演唱的情况下处理
的。后一首作者陈允平是南宋末年人，他是读了周邦彦的这
首词后次韵的。他所和的这首词中，用字完全依照周邦彦原
作的声调，所以原作中是拗句，和词也是拗句。

永遇乐　〔宋〕苏　轼

长忆别时，景疏楼上，明月如水。美酒清歌，留
⊖｜⊙－　⊙－⊖｜　⊖⊙｜△　⊙｜－－　⊖

连不住，月随人千里。别来三度，孤光又满，冷落共谁
－⊙｜　⊙⊖－－△　⊙－⊙｜　－⊖⊙｜　⊙｜⊙－

同醉！卷珠帘，凄然顾影，共伊到明无寐。　　今朝有
⊖△　⊙－－　⊖－⊙｜　⊙⊖⊙－⊖△　　　　⊖－⊙

客，来从滩（suī）上，能道使君深意。凭仗清淮，分
| ⊖ — ⊖ | ⊖ | | — ⊖ △ ⊖ | — — ⊖

明到海，中有相思泪。而今何在，西垣清禁，夜永露华
— ① | ⊖ | — — △ ⊖ — ⊖ | ⊖ — ① | ① | ① —

侵被。此时看，回廊晓月，也应暗记。
⊖ △ ① — | ⊖ — ① | ① — ① △

永遇乐　〔宋〕李清照

落日熔金，暮云合璧，人在何处？染柳烟浓，吹梅
① | ⊖ — ① — ① | ⊖ ① ⊖ △ ① | — — ⊖ —

笛怨，春意知几许。元宵佳节，融和天气，次第岂无风
① | ⊖ | ⊖ ① △ ⊖ — ⊖ | ⊖ — ⊖ | ① | ① — —

雨。来相召，香车宝马，谢他酒朋诗侣。　中州盛日，
△ — — ① ⊖ — ① | ① ⊖ ① — ⊖ △ ⊖ — ⊖ |

闺门多暇，记得偏重三五。铺翠冠儿，捻金雪柳，簇
⊖ — ⊖ | ① | ⊖ — △ ⊖ — — | | — ① | ⊖

带争济楚。如今憔悴，风鬟雾鬓，怕见夜间出去。不如
| — ① △ ⊖ — ① | ⊖ — ① | ① | ① — ① △ ① —

向、帘儿底下，听人笑语。
| ⊖ — ① | ⊖ — ① △

《永遇乐》调一百零四字，仄韵双调。上下片各五十二字，
不同的只是上片第三句比下片第三句少两个字，上片结句比
下片结句多两个字，其馀句式上下片相同。这两首词的拗
句比较多。上片第三句，前一首的"明月如水"，后一首的
"人在何处"，都用"平仄平仄"，前一首可能是以入声"月"
字代替平声，后一首则是以上声"在"[①]字代替平声。前一首
第六句"月随人千里"，第二字应作仄声；后一首第六句"春

_____

① "在"字属平水韵上声"十贿"韵目，也属去声"十一队"韵目。

意知几许"，第四字应作平声，以上声字"几"代替平声。两首的上片结句也都是拗句，第二字都须用仄声。后一首下片"记得偏重三五"句，第四字须用平声。"簇带争济楚"句，第四字须用平声。苏轼作词信笔写来，不加雕琢，所以他的词中时有拗句。而李清照原是精通音律的人，她的词中也出现拗句。可见这些拗句并不妨碍演唱。

贺新郎　送胡邦衡待制赴新州　〔宋〕张元幹

梦绕神州路。怅秋风、连营画角，故宫离黍。底
⊙｜——△　⊙⊖—　⊖—⊙｜　⊙—⊖△　⊙

事昆仑倾砥柱，九地黄流乱注！聚万落、千村狐兔。天
｜——⊙｜｜　⊙｜⊖—⊙△　•⊙｜　——⊖⊙｜　—

意从来高难问，况人情、老易悲难诉。更南浦，送君
｜⊖——⊖｜　•⊖—　⊙｜——△　⊙⊖｜　⊙⊙

去。　　凉生岸柳催残暑。耿斜河、疏星淡月，断云微
△　　　⊖—⊙｜—⊖△　⊖—⊙｜—⊖△　⊙⊙—

度。万里江山知何处，回首对床夜语。雁不到、书成谁
△　⊙｜⊖——⊖｜　⊖｜⊙—⊙△　⊙⊙｜　——⊖

与！目尽青天怀今古，肯儿曹、恩怨相尔汝。举大白，
△　⊙｜⊙——⊖｜　•⊖—　⊙｜—⊖△　⊙｜

听《金缕》。
—　—△

贺新郎　送陈真州子华　〔宋〕刘克庄

北望神州路。试平章、这场公事，怎生分付。记得太
⊙｜——△　⊙⊙—　⊙｜⊖｜　⊙—⊖△　⊙｜

行山百万，曾入宗爷驾驭。今把作、握蛇骑虎。君去京东
——｜｜　⊖｜—⊖⊙△　⊖⊙｜　⊙—⊖△　⊖｜—

豪杰喜，想投戈、下拜真吾父。谈笑里，定齐鲁。　　两
—｜｜　•⊖—　⊙｜——△　⊖⊙｜　⊙⊖△　　　⊙

河萧瑟惟狐兔。问当年、祖生去后，有人来否？多少新
— ⊖ | — — △　　① ⊖ —　　① — ① |　① — ⊖ △　⊖ | ⊖

亭挥泪客，谁梦中原块土！算事业、须由人做。应笑书
— — | |　— ⊖ — — | △　① | |　— — — |　— | —

生心胆怯，向车中、闭置如新妇。空目送，塞鸿去。
— — | |　• ⊖ —　① | — — △　⊖ ① |　① ⊖ △

《贺新郎》调又名《贺新凉》、《金缕曲》，一百一十六字，
仄韵双调。上片起首为五字句，下片换头为七字句，这是上
下片唯一不同的句子，其馀各句，上下片都相同。前一首词
有几个拗句：上片"天意从来高难问"句，下片"万里江山
知何处"句、"目尽青天怀今古"句，依律第六字都须用仄
声。"肯儿曹恩怨相尔汝"句，第七字须用平声。前一首上
片"聚万落"句是一字领六字句，后一首"今把作"句是上
三下四句。上片歇拍前的三字句，前一首"更南浦"是"仄
平仄"，后一首"谈笑里"是"平仄仄"。"举大白"是三仄句，
以上声字"举"代替平声字。两首词都用词韵第四部"鱼语"
韵，上去声通押。

第三部　平仄转韵格

乌夜啼　　〔南唐〕李　　煜

林花谢了春红，太匆匆！常恨朝来寒雨晚来风。　　胭
⊖ — ① | — ⊙　| — ⊙　— | — — ⊖ | ⊙　　　⊖

脂泪，留人醉。几时重？自是人生长恨水长东！
— △　⊖ — △　| — ⊙　① | ⊖ — ⊖ | | ⊙

相见欢　〔宋〕朱敦儒

金陵城上西楼，倚清秋。万里夕阳垂地，大江
⊖ — ⊖ | — ⊙　| — ⊙　⊙ | ⊙ — ⊖ |　| —

流。　中原乱，簪缨散，几时收！试倩悲风吹泪过扬州。
⊙　　⊖ — △　⊖ — △　| | — ⊙　⊙ | ⊖ — ⊖ | | — ⊙

此调名《乌夜啼》，又名《相见欢》，双调三十六字。上阕
用一个平声韵；换头把上阕的开头分为两个三字句，并改用
仄声韵，以下再用上阕的平声韵到底。前一首上片第三句是
九字句，后一首却分为上六下三句。

昭君怨　〔宋〕万俟咏

春到南楼雪尽，惊动灯期花信。小雨一番寒，倚阑
⊖ | ⊖ — ⊙ △　⊖ | ⊖ — ⊖ △　⊖ | | — ⊙　| —

干。　莫把阑干频倚，一望几重烟水。何处是京华？
⊙　　⊙ | ⊖ — ⊖ △　⊙ | ⊙ — ⊖ △　⊖ | | — ⊙

暮云遮。
| — ⊙

昭君怨　雪　〔金〕完颜亮

昨日樵村渔浦，今日琼川银渚。山色卷帘看，老峰
⊙ | ⊖ — ⊖ △　⊖ | ⊖ — — △　⊖ | | — ⊙　| —

峦。　锦帐美人贪睡，不觉天孙剪水。惊问是杨花、
⊙　　⊙ | ⊙ — ⊖ △　⊙ | ⊖ — ⊙ △　⊖ | | — ⊙

是芦花？
| — ⊙

此调四十字，双调。用四个韵，仄声韵与平声韵交错使用，
每句用韵。上下片句式相同。

减字木兰花　　〔宋〕秦　观

天涯旧恨，独自凄凉人不问。欲见回肠，断尽金炉
⊖－①△　①｜⊖－－｜△　①｜－⊖

小篆香。　　黛蛾长敛，任是春风吹不展。困倚危楼，
｜｜⊙　　　①－⊖△　①｜⊖－－｜△　①｜－⊙

过尽飞鸿字字愁。
①｜⊖－｜｜⊙

减字木兰花　听琵琶　〔宋〕朱敦儒

刘郎已老，不管桃花依旧笑。要听琵琶，重院莺啼
⊖－①△　①｜⊖－－｜△　①｜－⊙　

觅谢家。　　曲终人醉，多似浔阳江上泪。万里东风，
｜｜⊙　　　①－⊖△　⊖｜⊖－－｜△　①｜－⊙

故国山河落照红。
①｜⊖－｜｜⊙

《减字木兰花》调是从《木兰花》调减去字数而成的，所以
称为《减字木兰花》，也简称《减兰》。《木兰花》调又名《玉
楼春》，七言八句，共五十六字；《减字木兰花》调在《木兰
花》调的单数句子各减去三字，全调四十四字，上下片各
二十二字，句式相同。用四个韵，仄韵和平韵交错使用，句
句用韵，每两句一转韵。后一首开头二句，上去声通押。

菩萨蛮　　〔唐〕李　白

平林漠漠烟如织，寒山一带伤心碧。暝色入高楼，
⊖－①｜－－△　⊖－①｜－－△　⊖｜｜－⊙

有人楼上愁。　　玉阶空伫立，宿鸟归飞急。何处是归
①－⊖｜⊙　　　①－－｜△　⊖｜－－△　⊖｜｜－

程，长亭更短亭。
⊙　⊖－⊖－｜⊙

菩萨蛮　〔宋〕朱淑真

山亭水榭秋方半，凤帏寂寞无人伴。愁闷一番新，
⊖－①｜－－△　①－①｜－－△　⊖｜｜－⊙

双蛾只暗颦。　　起来临绣户，时有疏萤度。多谢月相
⊖－①｜⊙　　　①－－｜△　⊖｜｜－△　⊖｜｜－

怜，今宵不忍圆。
⊙　⊖－①｜⊙

这个词牌四十四字，双调。共用四个韵，上下片都是开头两
句用仄韵，后两句用平韵。上下片后两句句式相同。

清平乐　村居　〔宋〕辛弃疾

茅檐低小，溪上青青草。醉里吴音相媚好，白发谁
⊖－⊖△　⊖｜－－△　①｜⊖－－｜△　①｜⊖

家翁媪？　　大儿锄豆溪东，中儿正织鸡笼；最喜小儿
－⊖△　　　①－⊖｜－⊙　⊖－①｜－⊙　①｜①－

无赖，溪头卧剥莲蓬。
⊖｜　⊖－①｜－⊙

清平乐　〔宋〕张　炎

采芳人杳，顿觉游情少。客里看春多草草，总被诗
①－⊖△　①｜－－△　①｜⊖－－｜△　①｜⊖

愁分了。　　去年燕子天涯，今年燕子谁家。三月休听
－⊖△　　　①－⊖｜－⊙　⊖－①｜－⊙　⊖｜⊖

夜雨，如今不是催花。
①｜　⊖－①｜－⊙

《清平乐》是仄韵转平韵的双调词。上片用仄韵，四句全都
用韵；下片用平韵，只第三句不用韵。全词四十六字，上片
二十二字，下片二十四字，上下片句式不同。词牌的"乐"

字是乐曲的意思，不作欢乐的乐解。

更漏子　〔唐〕温庭筠

柳丝长，春雨细，花外漏声迢递。惊塞雁，起城
｜⊖—　　—⊙｜△　　⊖｜⊙—⊖△　　—⊙｜　｜—

乌，画屏金鹧鸪。　　香雾薄，透帘幕，惆怅谢家池
⊙　⊙—⊖｜⊙　　—⊙△　⊙⊖△　　⊖｜⊙—⊖

阁。红烛背，绣帘垂，梦长君不知。
△　—⊙｜　｜⊖⊙　⊙—⊖｜⊙

更漏子　〔宋〕晏几道

柳丝长，桃叶小，深院断无人到。红日淡，绿烟
｜⊖—　—⊙△　⊖｜⊙—⊖△　—⊙｜　⊖—

轻，流莺三两声。　　雪香浓，檀晕少，枕上卧枝花
⊙　⊖—⊖｜⊙　　｜⊖—　⊖⊙△　⊙｜⊙—⊖

好。春思重，晓妆迟，寻思残梦时。
△　—⊙｜　｜⊖⊙　⊖—⊖｜⊙

此调是仄韵和平韵交错使用的双调。全词四十六字，上下片
句式相同。上下片各用一个仄韵和一个平韵，全首词共用四
个韵，前一首就是这样的。但后一首上下片用的仄韵是同一
个韵，可见上下片是否用同一个韵，并不是格律的规定。两
词下片起句的三字句，平仄安排不同：前一首的"香雾薄，
透帘幕"，平仄安排是"平仄仄，仄平仄"；后一首的"雪
香浓，檀晕少"，平仄安排是"仄平平，平仄仄"。这又说
明词中的三字句平仄安排可以灵活处理。但从两首词所有的
三字句的平仄安排情况来看，相连的两个三字句的平仄声是
对立的，而不是相粘的。

西江月　〔宋〕辛弃疾

剩欲读书已懒，只因多病长闲。听风听雨小窗眠，
⊖│⊖—⊙│　⊙—⊖│—⊙　⊙—⊖││—⊙

过了春光太半。　　往事如寻去鸟，清愁难解连环。流
⊙│⊖—⊙△　⊙│⊖—⊙│　——⊖│—⊙　⊖

莺不肯入西园，去唤画梁飞燕。
—⊙││—⊙　⊙│⊙│⊙△

西江月　〔宋〕刘辰翁

天上低昂似旧，人间儿女成狂。夜来处处试新妆，
⊖│⊖—⊙│　⊖—⊖│—⊙　⊙│⊙│││⊙

却是人间天上。　　不觉新凉似水，相思两鬓如霜。梦
⊙│⊖—⊙△　⊙│⊖—⊙│　⊖—⊙│—⊙　⊙

从海底跨枯桑，阅尽银河风浪。
—⊙││—⊙　⊙│⊖—⊖△

《西江月》调是五十字双调，上下片句式相同。上下片都是
先押两个平声韵，结句换押仄声韵，平声仄声通押。这种平
仄韵通押的情况，在词中也是不多见的。此调上下片的前两
句，一般多用对仗。前一首第一句是孤平句，依律第三字须
用平声。不过这一"读"字是入声，可以代平声，不算拗句。

虞美人　春愁　〔宋〕陈　亮

东风荡飏轻云缕，时送萧萧雨。水边台榭燕新归，
⊖—⊙│——△　⊖│——△　⊙—⊙││—⊙

一口香泥湿带落花飞。　　海棠糁（sǎn）径铺香绣，
⊙│⊖—⊙│—⊙　　⊙│——△

依旧成春瘦。黄昏庭院柳啼鸦，记得那人和月折梨花。
⊖│——△　⊖—⊖││—⊙　⊙│⊙—⊖││—⊙

虞美人　听雨　〔宋〕蒋　捷

少年听雨歌楼上，红烛昏罗帐。壮年听雨客舟中，
① — ① | — — △　⊖ | — — △　① — ① | | — ⊙

江阔云低断雁叫西风。　　而今听雨僧庐下，鬓已星星
⊖ | — — | | — ⊙　　① — ① | — — △　① | — —

也。悲欢离合总无情，一任阶前点滴到天明。
△　⊖ — ⊖ | | — ⊙　① | — ① | | — ⊙

此调五十六字，双调，用四个韵，两句仄韵转两句平韵。上下片句式相同。上下片结句九字句，作上四下五断句。

定风波　〔宋〕苏　轼

三月七日沙湖道中遇雨，雨具先去，同行皆狼狈，余独不觉。已而遂晴。故作此。

莫听穿林打叶声，何妨吟啸且徐行。竹杖芒鞋轻胜
① | — — | | —　⊖ — ① | | — ⊙　① | — — | | —

马。谁怕！一蓑烟雨任平生。　　料峭春风吹酒醒，微
△　— △　① — ⊖ | | — ⊙　　① | ⊖ — — | |　—

冷，山头斜照却相迎。回首向来萧瑟处，归去，也无风
△　⊖ — ⊖ | | — ⊙　① | ⊖ — — | △　— △　① —

雨也无晴。
| | — ⊙

定风波　暮春漫兴　〔宋〕辛弃疾

少日春怀似酒浓，插花走马醉千盅。老去逢春如病
① | — — | | ⊙　① — ① | | — ⊙　① | ⊖ — —

酒，唯有：茶瓯香篆小熏笼。　　卷尽残花风未定，休
△　— △　⊖ — ⊖ | | — ⊙　　① | ⊖ — — | △　—

恨，花开原自要春风。试问春归谁得见，飞燕，来时相
△　⊖ — ⊖ | | — ⊙　① | ⊖ — — | △　— △　⊖ — ①

遇夕阳中。
| | 一 ⊙

《定风波》调是平仄交错用韵的双调，六十二字。上片三平韵夹仄韵，下片后四句二平韵夹仄韵。全首词八个七言句，其中有五个平韵句、三个仄韵句。由于各句平仄相间，除去二字句，就相当于一首七律。但词意必须靠三个二字句联贯，否则就欠醒豁。

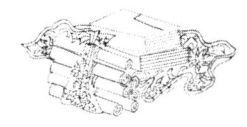

二、曲牌例释

　　这里从元人散曲中选二十一首小令曲牌，每个曲牌各选两首作品为例。其中前一首根据唐圭璋同志编的《元人小令格律》中的标准格式，曲中的每个字都标出平仄声调，入声字并注明派入某个声调。后一首则仿照前面词牌例释的做法，根据格律的要求，对每个字只标平仄，不细分声调，旧读入声字均用仄声标识。凡属用韵地方，也依前面之例，以"⊙"号代表平声韵，以"△"号代表仄声韵；领句字仍用"·"号标出。曲中的衬字用黑体字。

　　唐圭璋同志所订的小令格律，是参照元人作品的实际情况而详加考订得来的，较《太和正音谱》及《曲谱》更为严谨，是研究元曲必不可少的资料，所以这里以唐圭璋同志收入《元人小令格律》中的曲牌作为第一个例子，也就是作为标准格式供研究用。但是过去曲谱所定的一套模式规矩过严，会使作者受很多束缚，已不适合今天运用散曲形式来进行写作的需要。所以每支曲牌又举第二个例子，标出平仄和韵脚，以便今天写散曲的作者参考运用。

应该指出，今天作散曲，曲句做到合律就可以了；而押韵也不必墨守成规，可以用新韵，而且可以平仄通押。

前面"词牌例释"开头关于格律方面作的一些说明，也适用于曲牌。

〔黄钟〕红锦袍　　　徐再思

那老子爱清闲主意别（韵）钓桐江江上雪（韵）
　　　仄平平仄仄平　　　　平平平仄仄
　　　可平　可仄　作平　　可仄　　　作上

泛桐江江上月（韵）君王想念者（韵）宣到凤凰阙（韵）
平平平仄仄　　　平平仄仄仄　　　平仄仄平仄
可仄　　作去　　　可仄　　可平叶　可仄　　作上
　　　　　　　　　　　　　　　　　　　　　　可平叶

想着七里渔滩（句）**将着**一钩香饵（句）**望着**富春山
　　　仄仄平平　　　　　仄仄平仄　　　　　仄平平
　　　作上　　　　　　　作上　　　　　　　可仄
　　　可平　　　　　　　可平

归去也（韵）
平去上

"主意别"可作平仄平，亦可作仄平平。

红锦袍　　　无名氏

那老子彭泽县懒坐衙，倦将文卷押，数**十**日不上
　　　一⊙丨丨⊙⊙　⊙一一丨△　丨⊙⊙　⊙丨

马，柴门掩上咱，篱下看黄花。**爱的是**绿水青山，**见一**
△　⊖一丨丨⊙　⊖丨丨一⊙　　　　⊙丨一一

个白衣人来报，来报五柳庄幽静煞。
⊙一　⊖|　　|⊙一一⊙△

这支曲起句和结句都是上三下三句式。用《中原音韵》十三部"家麻"韵。

〔正宫〕塞鸿秋　　*张可久*

　　断桥流水西林渡（韵）暗香疏影梅花路（韵）寨
　　仄平平仄平平去　　　仄平平仄平平去　　　仄
　　可平　可仄　　　　　可平　可仄　　　　　可平

　　驴破帽登山去（韵）夕阳古寺题诗处（韵）树头啼翠
　　平仄仄平平去　　　　平平仄仄平平去　　　仄平平仄
　　可平　　　　　　　　作平　可平　　　　　可平　可仄

　　禽（句）水面飞白鹭（韵）伤心和靖先生墓（韵）
　　平　　　仄仄平平去　　　平平仄仄平平去
　　可叶　　可平　作平　　　可仄　可仄
　　可仄

此调又入仙吕及中吕。

塞鸿秋　*浔阳即景*　　*周德清*

　　长江万里白如练，淮山数点青如淀，江帆几片疾如
　　⊖一⊙|　⊙一△　⊖一⊙|　一一△　⊖一⊙|　⊙一
　　箭，山泉千尺飞如电。晚云都变露，新月初学扇，塞鸿
　　△　⊙一⊖|　一一△　⊙一一|　|　⊖一一|　△　⊙一
　　一字来如线。
　　⊙|　一一△

这首曲全是仄声韵，用《中原音韵》第十部"先天"韵。

〔仙吕〕**寄生草**　　无名氏

枯荷底（句）宿鹭丝（韵）玉簪香惹蝴蝶翅（韵）
平平仄　　　仄仄平　　　仄平平仄平平去
可叶　　　作上　　　作去 可仄　作平
　　　　　　　　　　可平

长空雁写斜行字（韵）御沟红叶题传示（韵）东篱陶
平平仄仄平平去　　　仄平平仄平平去　　　平平平
可仄 可平　　　　　可平 可仄作去　　　可仄 可仄

令酒初醒（句）西风了却黄花事（韵）
仄仄平平　　　平平仄仄平平去
　　　　　　可仄 可平作上

此曲亦入双调。

寄生草　　白　朴

长醉后方何碍，不醒时，有甚思。糟腌两个功名
｜ ◎ 一　　｜ ◎ ⊙　⊖ 一 ◎ ｜ 一 一

字，醉淹千古兴亡事，曲埋万丈虹霓志，**不达时皆笑屈**
△　⊖ 一 ◎ ｜ 一 一 △　◎ 一 ◎ ｜ 一 一 △　◎ 一 ⊖ ｜ ｜

原非，**但**知音尽说陶潜是。
一 一　⊖ 一 ◎ ｜ 一 一 △

这首曲较前一首多开头一个六字句，元人也有用此式的。前
一首是标准格式，所以后一首这个六字句作衬字处理。用
《中原音韵》第三部"支思"韵，平仄通押。

〔仙吕〕**一半儿**　　陈克明

自将杨柳品题人（韵）笑捻花枝比较春（韵）输
仄平平仄仄平平　　　仄仄平 平仄去平平　　　平
可平 可仄　　　可平　可平 可仄叶　　　可仄

与海棠三四分（韵）再偷匀（韵）一半儿胭脂一半儿
仄　仄　平　平　去　平　　　　仄平平　　　　　　　　　平　平
　　可平　　　可仄叶

粉（韵）
上
可平叶

此调与《忆王孙》同，但多"一半儿"三字；且《忆王孙》只用平煞，而《一半儿》多用上煞。

一半儿　四景之一　　　胡祗遹

轻衫短帽七香车，九十春光如画图，明日落红谁是
⊖—①|　|—⊙　①|⊖—⊙|⊙　⊖|①——|
主。漫踌躇，一半儿因风一半儿雨。
△　|—⊙　　　——　　　　　　△

这首曲共五句，用《中原音韵》第五部"鱼模"韵，句句用韵，平仄通押。此调末句按例须用两个"一半儿"，因此作为曲调名。两个"一半儿"有衬字性质，虽是定句，但不计平仄。

〔中吕〕普天乐　　　张养浩

水挼蓝（句）山横黛（韵）水光山色（句）掩映
仄仄平　　　平平仄　　　仄平平仄　　　　仄仄
　　可叶　　　　　　　　可平　可仄作上

书斋（韵）图画中（句）嚣尘外（韵）暮醉朝吟妨何
平　平　　　平仄平　　　平平仄　　仄仄平平平平
　　可仄　可叶　　　　　　　　可平

碍（韵）正黄花三径齐开（韵）家山在眼（句）田园
仄　　　仄平平三径齐开　　平平仄仄　　　平平
　　　　　　　可仄　　　　　可仄　可平叶　可仄
　　　　　　　　　　　　　　　　　可上叶

称　意（句）其乐无涯（韵）
仄　仄　　　平仄平平
可平可平叶　可仄作去
　可仄叶

普天乐　湘阳道中　　卢　挚

岳阳来，湘阳路，**望**炊烟田舍，掩映沟渠。山远
丨⊖—　　—　—△　　　　—⊖丨　　⊙丨—　　—⊙

近，云来去，溪上招提烟中树，看时见三两樵渔。凭谁
丨　　—⊖△　　⊖丨⊖——⊖△　　⊙丨—⊙丨—⊙　⊖—

画出，行人得句，不用前驱。
丨丨　　⊖—丨丨　　⊙丨—⊙

这首曲用《中原音韵》第五部"鱼模"韵，平仄通押，"看时"
句是上三下四句式。

〔中吕〕山坡羊　　张可久

衣松罗扣（韵）尘生鸳鸯（韵）芳容更比年时瘦
平平平去　　　平平平平　　　平平仄仄平平去
可仄　可仄　　　可仄　可仄　　　可仄　可平

（韵）看吴钩（韵）听秦讴（韵）别离滋味今番又（韵）
　　　仄平平　　　仄平平　　　仄平平平平平去
　　　　　　　　　　　　　　　作上　可仄
　　　　　　　　　　　　　　　可平

湖上藕花堤上柳（韵）飕（韵）浑是秋（韵）愁（韵）
平仄仄平平去上　　　平　　　平去平　　　平
可仄　可平　　　可平叶　　可不叶　　可仄　可上叶　　可不叶

休上楼（韵）
平去平
可仄　可上叶

此曲即《山坡里羊》，又名《苏武持节》，或入黄钟及商调。

山坡羊　潼关怀古　　张养浩

峰峦如聚，波涛如怒，山河表里潼关路。望西都，
　⊖　—　⊖　△　　⊖　—　⊖　△　　　⊖　—　①　｜　—　—　△　　　｜　⊖　⊙

意踌躇，伤心秦汉经行处，宫阙万间都做了土。兴，百
｜　⊖　⊙　　⊖　—　⊖　｜　—　—　△　　⊖　｜　①　—　—　｜　　　△　　　—　　　①

姓苦；亡，百姓苦。
①　△　　—　　①　①　△

此调用《中原音韵》第五部"鱼模"韵。除两个一字句外，
每句用韵，平仄通押。两个一字句也可押平声韵，如前一
例。其中四个三字句，韵脚不拘平仄。

〔南吕〕阅金经　　贯云石

泪溅描金袖（句）不知心为谁（韵）芳草萋萋人
仄　仄　平　平　仄　　　仄　平　平　仄　平　　　平　仄　平　平
　　　　可叶　　　　　　　　作上　　　　　　　可仄　　可仄

未归（韵）期（韵）一春鱼雁稀（韵）人憔悴（韵）
仄　平　　　平　　　仄　平　平　仄　平　　　平　平　仄
　　　　　　　　　作上　可仄
　　　　　　　　　可平

愁堆八字眉（韵）
平　平　仄　仄　平
可仄　作上
　　　可平

案此曲又名《金字经》，又名《西番经》。起句有平起者，
又可用韵。"金"字亦可作仄声。

金字经　　吴弘道

落花风飞去，故枝依旧鲜。月缺终须有再圆。圆，
⊕⊖——｜　⊕—⊖｜⊙　⊕｜——｜｜⊙　⊙

月圆人未圆。朱颜变，几时**得**重少年。
⊕—⊖｜⊙　—⊖△　⊕—　⊖｜⊙

此曲用《中原音韵》第十部"先天"韵。除起句外，每句用
韵，平仄通押。其中三次重"圆"字韵。

〔南吕〕干荷叶　　刘秉忠

南高峰（韵）北高峰（韵）惨淡烟霞洞（韵）宋
平平平　　　仄平平　　　仄仄平平去　　　仄
可仄　　　　作上　　　　可平

高宗（韵）一场空（韵）吴山依旧酒旗风（韵）两度
平平　　　仄平平　　　平平平仄仄平平　　　仄仄
　　　　　作上　　　　　　　　　　　　　　可平

江南梦（韵）
平平去

此曲又名《翠盘秋》，又入中吕及双调。起句亦可用仄而不叶。

干荷叶　　刘秉忠

干荷叶，色苍苍，老柄风摇荡。减了清香，越添
——｜　｜｜—⊙　⊕｜——△　⊕｜—⊙　｜—

黄，都因昨夜一场霜，寂寞**在**秋江上。
⊙　⊖—⊕｜｜—⊙　⊕｜　——△

此曲用《中原音韵》第二部"江阳"韵，平仄通押。起句可

用韵，如前一首。

〔双调〕沉醉东风　　　关汉卿

夜　月　青　楼　风　箫　（韵）春　风　翠　髻　金　翘　（韵）雨　云
仄　仄　平　平　平　平　　　　平　平　仄　仄　平　平　　　　　仄　平
可平作去　　　　可仄叶　　　　可仄　　　　可平　　　　　　　　可平

　浓　（句）心　肠　俏　（韵）俊　庞　儿　玉　嫩　香　娇　（韵）六
　平　　　　平　平　仄　　　　仄　平　平　仄　仄　平　平　　　　仄
　可仄　　　　　　　　　　　　可平　可仄　可仄作去　可平　可去叶　　　作去

　幅　湘　裙　一　搦　腰　（韵）间　别　来　十　分　瘦　了　（韵）
　仄　平　平　仄　仄　平　　　　仄　平　平　平　平　去　上
　作上　　　作上作去可仄叶　　　可平作平可仄作平
　　　　　　　　　　　　　　　　可仄

此曲首二句六字相对，第三、四两句亦须对。第五句须上三下四，第六句须上四下三，末句须上三下四。第一句末及第五句末，皆可以仄叶。

沉醉东风　　自悟　　　马谦斋

瓷　瓯　内　激　滟　莫　掩，瓦　盆　中　渐　浅　重　添。线　鸡　肥，新　笋
⊖　—　①①　｜△　｜　—　｜｜　⊙
酽。不　须　典　琴　留　剑。二　顷　桑　麻　足　养　廉。归　去　来　长　安　路　险。
△　①⊖①—⊖△　①｜——｜｜⊙　⊖｜———｜△

这首曲起句，平仄与前一首不同：前一首是仄起，这一首是平起，都是拗句。前一首第五句是七字，这一首是六字，也是拗句。末句是上三下四句式。用《中原音韵》第十九部"廉纤"韵，平仄通押。

〔双调〕**步步娇**　　　商　挺

绿柳青青和风荡（韵）桃李争先放（韵）紫燕忙
仄仄平平平平仄　　　　平仄平平仄　　　　仄仄平
作去　　　　　　　　　可仄　　　　　　　可平
可平

（韵）队队衔泥戏雕梁（韵）柳丝黄（韵）堪画**在帏**
　　　仄仄平平仄平平　　　仄平平　　　平仄　平
　　　可平　　　　　　　　　　　　　　可仄

屏上（韵）
平　去

案此曲一名《潘妃曲》。"忙"字亦可仄叶，"梁"字亦可仄叶。

步步娇　　　无名氏

杨柳枝头黄昏月，一半**儿**梨花谢。长叹嗟，恰似情
⊖｜⊖——⊖△　①｜　——△　　⊖｜⊙　①｜—

人两离别。密云遮，须有个团圆夜。
—①⊖△　⊖—⊙　⊖｜①—⊖△

此曲句句押韵，用《中原音韵》第十四部"车遮"韵，平仄
通押。第一、四两句是拗句。末句是上三下三句式。

〔双调〕**拨不断**　　　马致远

浙江亭（韵）看潮生（韵）潮来潮去原无定（韵）
仄平平　　　仄平平　　　平平平平仄平平仄
作上　　　　　　　　　　可仄　可平

惟有西山万古青（韵）子陵一钓多高兴（韵）闹中取
平仄平平仄仄平　　　仄平平仄平平仄　　　仄平平
可仄　　可平　　　　　可平　作上　　　　可平　可平
　　　　　　　　　　　　　可平

静（韵）
去

此曲一名《续断弦》，末句一作七字句。

拨不断　大鱼　　王和卿

胜神鳌，夯风涛，脊梁上轻负着蓬莱岛。万里夕阳
｜—⊙　⊖—⊙　⊙—　⊖｜　——△　⊙｜⊙—

锦背高，翻身犹恨东洋小，太公怎钓？
｜｜⊙　⊖—⊖｜——△　⊙—｜⊙

此曲用《中原音韵》第十一部"萧豪"韵，句句用韵，平仄
通押。

〔双调〕落梅风　　马致远

渔灯暗（句）客梦回（韵）一声声滴人心碎（韵）
平平仄　　　仄仄平　　　仄平平仄平平去
　可叶　　　作上 可仄叶　　作上　　作上

孤舟五更家万里（韵）是离人几行情泪（韵）
平平仄平平去上　　　仄平平仄平平去
可仄　　　可平叶

案此曲一名《寿阳曲》，与南曲小石调引子异。起句有三式：
一、不叶，如此例；二、平仄通押；三、以仄叶仄。又三五
两句七字句，须上三下四句法，不可移动。

寿阳曲（落梅风）　　贯云石

新诗句，浊酒壶。野人闲不知春去。家童柳边闲钓
——△　｜｜⊙　｜—⊖｜——△　⊖—｜⊙⊖⊙

鱼，趁残红满江鸥鹭。
⊙　｜——｜——△

248　诗词曲格律讲话

此曲起句用韵，第四句押平韵，是与前一首不同处。第三句
是上三下四句式。用《中原音韵》第五部"鱼模"韵，每句
用韵，平仄通押。

〔双调〕雁儿落　　　邓玉宾

乾坤一转丸（韵）日月双飞箭（韵）浮生梦一场
平　平　仄仄平　　　　仄仄平平去　　　　平　平　仄仄平
可仄　作上　可上叶　　作去作去　　　　　可仄　可平作上

（句）世事云千变（韵）
　　　仄仄平平去
　　　可平

案此曲又名《平沙落雁》。常与《得胜令》、《清江引》合为
带过曲，或与《清江引》、《碧玉箫》合为带过曲，无独用
者。第三句亦可叶。

〔双调〕得胜令　　　邓玉宾

万里玉门关（韵）七里钓鱼滩（韵）晓日长安近
仄仄仄平　　　　　仄仄仄平平　　　　仄仄平平仄
可平　作去　　　　作上　　　　　　　可平作去　可叶

（句）秋风蜀道难（韵）休干（韵）误杀英雄汉（韵）
　　　平平平仄平　　　平平　　　仄仄平平去
　　　可仄　作平　　　　　　　　可平作去

看看（韵）星星两鬓斑（韵）
平平　　　平平仄仄平
　　　　　可平

案此曲一名《阵阵赢》，又名《凯歌回》，既可独用，又可
与《雁儿落》合为带过曲。

〔双调〕雁儿落过得胜令　　　庾天锡

　　韩侯一将坛，诸葛三分汉。功名纸半张，富贵十年
　　⊖ 一 | | ⊙　⊖ | 一 一 △　⊖ 一 | | 一　⊙ | ⊙ 一

限。行路古来难，古道近长安。紧把心猿系，牢将意马
△　⊖ | | 一 ⊙　⊙ | | 一 △　⊙ | 一 一 一　一 一 | |

拴。尘寰，倒大无忧患。狼山，白云相伴闲。
⊙　一 ⊙　⊙ | 一 一 △　一 ⊙　⊙ 一 ⊖ | ⊙

这首带过曲，前四句为《雁儿落》，以下为《得胜令》。用
《中原音韵》第八部"寒山"韵，平仄通押。

〔双调〕折桂令　　　张可久

　　唤西施伴我西游（韵）客路依依（句）烟水悠悠
　　　平平仄仄平平　　　　仄仄平平　　　　平仄平平
　　　可平　　　　　　　　作上　　　　　　　可仄
　　　　　　　　　　　　　可平

（韵）翠树啼鹃（句）青天旅雁（句）白雪盟鸥（韵）
　　　　仄仄平平　　　平平仄仄　　　平仄平平
　　　　可平　　　　　可仄 可平　　　作平作上
　　　　　　　　　　　　　　　　　　可平

　　人倚梨花病酒（韵）月明杨柳维舟（韵）试上层楼
　　　平仄平平仄仄　　　仄平平仄平平　　　仄仄平平
　　　可仄　　 可平叶　　作去　可仄　　　可平
　　　　　　　　　　　　可平

（韵）绿满江南（句）红裥春愁（韵）
　　　　仄仄平平　　　平仄平平
　　　　作去　　　　　可仄
　　　　可平

案此曲又有《秋风第一枝》、《天香引》、《蟾宫曲》、《步蟾
宫》、《折桂回》、《蟾宫引》、《广寒秋》等名，除独用外，
可与《水仙子》合为带过曲。

蟾宫曲（折桂令）　　　郑光祖

半窗幽梦微茫。歌罢钱塘，赋罢高唐。风入罗帏，
⓪　一　⊖　丨　一　⊙　　　⓪　丨　一　⊙　　⊖　丨　一　一

爽入疏棂，月照纱窗。缥缈**见**梨花淡妆。依稀**闻**兰麝馀
⓪　丨　一　一　　⓪　丨　一　⊙　　⓪　丨　　一　一　丨　⊙　　⊖　一　　⊖　丨　一

香。唤起思量，待不思量，怎不思量。
⊙　　⓪　丨　一　⊙　　⓪　丨　丨　一　一　　⓪　丨　一　⊙

此曲第二句和结尾三句的第二句用了同韵字，而前一例不用
韵。看来这两句既可不用韵，也可用韵。"缥缈"句是拗句。
用《中原音韵》第二部"江阳"韵，都押平韵。

〔越调〕天净沙　　　马致远

　枯藤老树昏鸦（韵）小桥流水人家（韵）古道西
　平平仄仄平平　　　　　仄平平仄平平　　　　　仄仄平
　可仄　可平　　　　　　可平　可仄

风瘦马（韵）夕阳西下（韵）断肠人在天涯（韵）
平去上　　　　平平平去　　　　仄平平仄平平
可平叶　　　作平　可仄　　　　可平　可仄

案此曲一名《塞上秋》。

天净沙　即事　　　乔　吉

　一从鞍马西东，几番衾枕朦胧。薄幸虽来梦中，争
　⓪　一　⊖　丨　一　⊙　　⓪　一　⊖　丨　一　⊙　　⓪　丨　一　一　丨　⊙　　⓪

如无梦，那时真个相逢。
一　⊖　丨　△　　⓪　一　⊖　丨　一　⊙

此调第三句，前一例用仄韵是律句，此曲用平韵是拗句。用

《中原音韵》第一部"东钟"韵，句句用韵，平仄通押。四字句中的"争"字同"怎"。

〔越调〕小桃红　　　马致远

画堂春暖绣帏重（韵）宝篆香微动（韵）此外虚
仄平仄仄仄平平　　　　仄仄平平去　　　　仄仄平
可仄　　可仄　　　　　　　　　　可平　　　　　　可平

名要何用（韵）醉乡中（韵）东风唤醒梨花梦（韵）
平仄平去　　　仄平平　　　平平仄仄平平去
　　　　　　　　　　　　　　　可仄　　可平

主人爱客（句）寻常迎　送（韵）鹦鹉在金笼（韵）
仄平仄仄　　　平平平　去　　平仄仄平平
可平作上　　　可仄　可仄可不叶　　可仄
可叶
可平叶

案此曲又有《武陵春》、《采莲曲》、《绛桃春》、《平湖乐》等名。末三句叶韵有三式：一、三句皆叶；二、上两句皆不叶；三、上一句不叶。

小桃红　　　倪　瓒

一江秋水淡寒烟，水影明如练。眼底离愁数行雁。
⊙—⊖｜｜—⊙　⊙｜——△　⊙｜——｜—△

雪晴天，绿苹红蓼参差见。吴歌荡桨，一声哀怨，惊起
｜—⊙　⊙—⊖｜——△　⊖—｜｜　⊙—⊖△　⊖｜

白鸥眠。
｜—⊙

此曲第三句，前后两例都是拗句。用《中原音韵》第十部"先天"韵，平仄通押。

〔越调〕寨儿令　　查德卿

烟艇闲（韵）雨蓑干（韵）渔翁醉醒江上还（韵）
平仄平　　仄平平　　平平仄平平仄平
可仄　　　　　　　　　　　　　　可上叶

啼鸟关关（韵）流水潺潺（韵）乐似富春山（韵）数
平仄平平　　平仄平平　　仄平平平　　仄
可仄　　　　可仄　　　　作去　　　　可平
　　　　　　　　　　　　可平

声柔橹江湾（韵）一钩香饵波寒（韵）回头观兔魄
平平仄平平　　仄平香饵波寒　　平平平兔魄
可仄　　　　　作上　可仄　　　可仄　　作上
　　　　　　　可平

（句）失意放渔竿（韵）看（韵）流下蓼花滩（韵）
　　　仄仄仄平平　　平　　平仄仄平平
　　　作上　　　　　　　　　可仄
　　　可平

案此曲又名《柳营曲》，与属黄钟者不同。"兔魄"句可仄叶，
亦可平叶。

寨儿令　　周文质

清景幽，水痕收，潇潇几株霜后柳。往日追游，此
⊖｜⊙　｜—⊙　⊖⊖⊙—⊖｜△　⊙｜—⊙　⊙

际还羞，新恨上眉头。丹枫不返金沟，碧云深锁朱楼。
｜—⊙　⊖｜｜—⊙　⊖—⊙｜—⊙　⊙｜—⊖｜—⊙

风凉梧翠减，露冷菊香浮。秋，妆点许多愁。
⊖——｜｜　⊙｜｜—⊙　⊖　⊙｜｜—⊙

此曲第三句，元人都用拗句，即第二、四两字都用平声。如
改用律句，第二字须改用仄声。又此句在这首曲中押上声
韵，而前一例押平声韵。此曲用《中原音韵》第十六部"尤
侯"韵。

曲牌例释　253

〔越调〕凭阑人　　　张可久

莺羽金衣舒晚风（韵）燕嘴香泥沾乱红（韵）翠
平仄平平平仄平　　　　仄仄平平平仄平　　　　仄
可仄　　　可仄　　　　　可平　　可仄　　　　　可平

帘花影重（韵）玉人春睡浓（韵）
平平仄平　　　　仄平平仄平
　　作去

凭阑人　　　乔　吉

瘦马驮诗天一涯，倦鸟呼愁村数家。扑头飞柳花，
⊙｜——⊖｜⊙　⊙｜——⊖｜⊙　⊙—⊖｜⊙

与人添鬓华。
⊙—⊖｜⊙

此调两个五字句，本曲和前一首都是仄平平仄平句式，是用
的近体诗孤平拗救方式。本曲用《中原音韵》第十三部"家
麻"韵，押平声。

〔商调〕梧叶儿　　　关汉卿

别离易（句）相见难（韵）何处锁雕鞍（韵）春
平平仄　　　平仄平　　　平仄仄平平　　　　平
作平可叶　可仄　　　　可仄

将去（句）人未还（韵）这其间（韵）殃及杀愁眉
平仄　　　平仄平　　　仄平平　　　平　平仄平平
可叶　　　可仄　　　　　　　　　可仄作平作去
　　　　　　　　　　　　　　　　可仄可平

泪眼（韵）
去　上
可平叶

案此曲又名《知秋令》、《碧梧秋》，亦入仙吕。

梧叶儿　　吴弘道

春三月，夜五更，孤枕梦难成。香销尽，花弄影，
　⊖一｜　⊙｜⊙　⊖｜｜一⊙　⊖一｜　一⊙△

此时情，辜负了窗前月明。
｜一⊙　一⊙｜一⊖⊙⊙

第五句前一例押平声，本曲押仄声。末句是上三下四句式，
前一例用仄韵是律句，本曲用平韵是拗句。本曲用《中原音
韵》第十五部"庚青"韵，押平声。

三、《中原音韵》各韵部入声字表

在《中原音韵》中，原有旧读入声字都并入"支思"、"齐微"、"鱼模"、"皆来"、"萧豪"、"歌戈"、"家麻"、"车遮"和"尤侯"等九个韵部，并被分别派入平、上、去三声。

鉴于旧读入声字已并入现代普通话的第一、第二、第三和第四声中，而国内有些地区把旧读入声字读成第二声（阳平声），因此在阅读古典诗词曲时，由于不能辨别入声字，就会感到不方便。为了帮助读者知道哪些字是旧读入声字，这里把《中原音韵》各韵部所列的入声字，除少数过于冷僻的以外，都按原书的体例和顺序予以转录。个别异读字并加以注音。

须得说明的是，《中原音韵》对某些旧读入声字的读法和派入某一声调，是根据七百年前元朝初年北方的语音，与今天的普通话读音自然又有一些差别。所以，今天判别某个旧读入声字应该并入哪个韵部，读哪个声调，不能根据《中原音韵》，而应以现代汉语的新韵为准。

支思

入声作上声

涩瑟音史〇塞音死

齐微

入声作平声

实十什石射食蚀拾〇直值侄秩掷〇疾嫉葺集寂〇夕习席袭〇荻狄敌逖笛籴〇及极〇惑〇逼〇劾〇贼

入声作上声

质隻炙织骘汁只〇七戚漆刺〇匹辟僻劈〇吉击激棘戟急汲给〇笔北〇失室识适拭轼饰释湿奭〇唧积稷绩迹脊鲫〇必毕跸筚碧壁璧甓〇昔惜息锡淅〇尺赤吃敕叱鹓〇的靮嫡滴〇德得〇涤剔踢〇吸隙翕檄觋〇乞泣讫〇国〇黑〇一

入声作去声

日入〇觅蜜〇墨密〇立粒笠历枥沥疬雳哷力栗〇逸易埸译驿益溢镒鹢液腋掖疫役一佾泆逆乙邑忆揖射翊翼〇勒肋〇剧〇匿

鱼模

入声作平声

独读牍渎犊毒突纛〇复佛伏鹏袱服〇鹄鹘斛槲〇赎属述

秫术〇俗续〇逐轴〇族镞〇仆〇局〇淑蜀孰熟塾

入声作上声

谷穀骨〇薪缩谡速〇复福幅蝠腹覆拂〇卜不〇菊踘局〇
笏忽〇筑烛粥竹〇粟宿〇曲麯屈〇哭窟酷〇出黜畜〇叔菽〇
督笃〇暴（pù）扑〇触束〇簇〇足〇促〇秃〇卒〇蹙〇屋沃
兀

入声作去声

禄鹿漉麓〇木沐穆睦没牧目鹜〇录箓绿醁陆戮律〇物勿
〇辱褥入〇玉狱欲浴郁育鹬〇讷

皆来

入声作平声

白帛舶〇宅狯泽择〇画划

入声作上声

拍珀魄〇策册栅测筴〇伯百柏迫擘檗〇胳革隔格〇客刻
〇责帻摘谪侧窄仄昃策迮〇色穑索〇掴〇摔〇吓〇则

入声作去声

麦貊陌蓦脉〇额厄客鞿〇搦

萧豪

入声作平声

浊濯镯擢〇铎度（duò）踱〇薄箔泊博〇学鸑〇缚〇鹤
涸〇凿〇镬〇著（着）〇芍杓

入声作上声

角觉脚桷〇捉卓琢〇斫酌缴（zhuó）灼〇烁铄妁〇鹊雀趋〇托拓橐魄（tuò）饦柝〇缫索摸〇郭廓〇朔槊〇剥驳〇爵〇削〇柞作〇错造〇阁各〇壑烙〇绰婥〇谑〇戳槊

入声作去声

岳乐药约跃钥瀹〇搦诺〇末幕漠寞莫沫〇落络烙洛酪乐珞〇萼鹗鳄恶愕〇弱蒻箬〇略掠〇虐疟

歌戈

入声作平声

合盒鹤盍〇跋魃〇缚佛〇活镬〇薄箔勃泊渤〇铎度〇浊濯镯〇学〇凿〇夺〇着〇杓

入声作上声

葛割鸽阁蛤〇钵拨跋〇泼粕钹〇括括〇渴瘸〇阔〇撮〇掇〇脱〇抹

入声作去声

岳乐药约跃钥〇幕末沫莫寞〇诺搦〇若弱蒻〇落洛络酪乐烙〇萼鹗鳄恶垩鄂〇略掠〇虐疟

家麻

入声作平声

达挞踏苔〇滑猾〇押辖侠峡洽匣袷〇乏伐筏罚〇拔〇杂〇闸

入声作上声

塔獭榻塌○杀（煞同）霎○劄扎○呷匣○察插锸○法发发（头发）○甲胛夹○答搭嗒踏○飒撒萨靸○筿○刮○瞎○八○恰掐

入声作去声

腊蜡镴拉枥辣○纳衲○压押鸭○抹○袜○刷

车遮

入声作平声

协穴侠挟缬○杰竭碣○叠迭牒喋喋谍垤绖凸蝶跌○镢撅○折舌涉○捷截睫○别○绝

入声作上声

屑薛缫泄媟亵燮屧疷○切窃妾沏○结洁劫颊铗荚○怯挈箧客○节接楫疖○血歇吓蝎○阙缺阕○玦决诀谲蕨鸠○铁餮帖贴○瞥撇○鳖别○拙辍○辙撤彻掣○哲褶折浙○设摄涉○啜○雪○说

入声作去声

捏聂蹑镊啮臬蘖○灭篾蔑○拽噎谒叶烨○业邺额○裂冽猎鬣列○月悦阅轧越钺樾刖○热○劣

尤侯

入声作平声

轴逐○熟

入声作上声

竹烛粥〇宿

入声作去声

肉褥〇六